karatani kōjin

柄谷行人

柄谷行人の初期思想

Kodansha Bungei bunko

目次

柄谷行人の初期思想

思想はいかに可能か

プロローグ

すべて思想の名に値する思想は自己の相対化されるぎりぎりの地点の検証から始まっている。あるいは、思想家は自己を相対化してしまう現実の秩序と生活の地平に耐えねばならぬという恐ろしさを見極めようとする所からのみ生れる、といってもよい。思想と思想とが格闘しているように見えるときでも、実際は各自の思想の絶対性と各自の現実の相対性の矛盾の地点でひそかに演じられているにすぎない。ある思想が絶対を主張し、他の思想が絶対を主張する、という所で決戦が行われたためしは一度もない。いいかえれば、思想家の全葛藤は、自己の思想の絶対性と、それを相対化する現実的他者即ちそれがまた幻想的な表現をとって現れる思想との内的な対決から生れるが、勝負はつねに彼がどれだけ自己の思想の相対性を検証しえているかどうかにかかわり、そこにのみかかわっている。

思想家同士は、ある時代性の制約の中で殆ど勝負のつきようのない小競合を繰り返しているにすぎない。だれがその勝負の審判官となりうるか。現実的有効性や現実的勢力の多寡による歴然とした判決が思想に下されることはない。むしろ思想の恐ろしさは決して現実的に決着がつかないという所にある。即ち勝負はつねに個人の内面における矛盾をどれだけ検証しえているかによって、つまり各人の固有の幻想の根源の所で静かにつく、意識されると否とに拘らず。凡庸な思想家は殆ど現実的情勢の変転に応じて「無自覚のうちに」しかも「大義名分によって」めまぐるしく変転して行かざるをえない。無変化も変化の一種にすぎない。しかし、彼らの変化無変化は、彼らが信じているように現実的条件の変動に応じているのではなく、また現実的変動にも拘らず死守されているのではなく、実に彼らがその内部に於て自己の相対化を残忍な程に検証するという不可欠の営為を済ましていず、またこれからも済ますことがないためなのである。「思想」は全く個人の内部においてのみ問われるので、現実的諸勢力関係によるのではない。もし現実的勢力関係が働きかけるとすれば、それは各個人がどれだけ現実の中で相対化に耐えられるかという形でのみ迫るのである。自己検証を最初から持たぬ思想は、意識されると否とに拘らず、「転向」に追いこまれるが、実はそれは思想的にみて不毛なものだ。思想的転向及び非転向は、つねに個人的内部のあの「相対性」という綻(ほころ)びから喰いこむのであり、その恐怖を外在的なものに預けて辻褄を合わせて通りすぎることは欺瞞的である。権力の弾圧があろうがなかろうが、人は内発的にしか変化することがないからである。

しかしこのような状態は、我々の時代に特有なものではない。我々がある時代性の枠の中で演じつつある思想的劇は、その核心だけを取り出せば、すでにギリシヤ・ヘレニズムの古代人とユダヤ・キリスト教思想との激突のうちに出尽しているといってさしつかえない。多かれ少かれ、我々は現実的な支配秩序と、それと逆立する幻想的な支配秩序との間に繰り展げられた「相対」と「絶対」の葛藤のパターンを歩む他はないのである。

たとえば、K・レーヴィットは次のようにいっている。

すべてがこのように相対的で、制約されているということについてはすでに古代の懐疑によって完全に探究しつくされ、これ以上さらに望むべきものが残っていないほどである。現代の歴史的相対論に至ってはじめてすべての固定した学説をぐらつかせるということが始まったのだと考えるのは偏見である。　（『知識・信仰・懐疑』）

しかし私の考えでは、現実的な秩序と幻想的な秩序の逆立する関係に於て、思惟のとりうる様式は極言すれば三通りしかない。従ってある思想が他の思想を批判する仕方も窮極的には三通りしかありえない。私は現代日本の代表的な三人の文学者を取りあげることによって、それを示そうと思う。彼らがどれだけの自己検証を身に課しているか、それによってある普遍的なパターンをいかに象徴しているか、を示すのが私の課題である。

明晰

三島由紀夫とは「明晰」の謂である。しかもそれは「かくて余人は知らず私にとつては、明晰さこそ私の自己なのであり、その逆、つまり私が明晰な自己の持主だといふのではなかつた」というような「明晰」である。

この「明晰」が何であり、何によって可能なのかということを示す必要がある。三島の論理の特徴は、弱者が弱者を否定する論理であり、つまり「不具者」の論理である。それは「自分の醜さを無に化するやうなかういふ考へ方」であり、「見ると同時に、隈なく見られてゐなければならぬ」ようなあり方である。彼は現実的に疎外された者が、それを幻想的に転倒するような所に欺瞞を見出さずにはいない。即ち彼は現実的に疎外された者が本質的に「不具者」そのものであることを見てとってしまうのである。不具者は如何なる方法によっても、不具者たる現実から免れることは出来ない。我々はすべて不具者なのだ、という観点から三島の「明晰」は発揮される。

もし不具者が「心の美しさ」や「天上」に逃避しようとすれば、それは醜悪である。不具者は、まさに特殊性そのものであって、普遍性をまとうことは一切欺瞞である。不具者は見られることを徹底的につきつめ、ぎりぎりの所から見返すことによってのみ勝利する。

不具者も、美貌の女も、見られることに疲れて、見られる存在であることに飽き果てて、追ひつめられて、存在そのもので見返してゐる。見たはうが勝なのだ。

（『金閣寺』）

この種の自己欺瞞に対する三島の敏感さは、ニーチェと同質であって、ニーチェのキリスト教批判がその実ロマン派の自己否定に他ならなかったことを想起すれば、後述するように、三島とニーチェの相似は疑い得ない筈である。三島の主張をいいかえると、結局我々の自己幻想を徹底的に自然に還元することである。

彼らは素朴な観念といふものが人を裸かにすることを怖れるあまり、却ってその裏を掻いて、素朴な観念ほど人間の本然の裸身を偽るものはないといふ教説を流布させた。

（「重症者の兇器」）

ここでいう「素朴な観念」とは、人間の自己観念を完全に自然化した所に成立する。つまり、幻想的支配秩序を自然的支配秩序に還元した所に成立する。いうまでもなく、このような意志された「自然」的視座からは、実存的不安のような曖昧なものは消滅してしまう。「実存」は自己疎外を転倒した幻想にすぎないからだ。

（……）俺には、世間で云はれてゐる不安などといふものが、児戯に類して見えて仕方がなかつた。不安は、ないのだ。俺がかうして存在してゐることは、太陽や地球や、美しい鳥や、醜い鰐の存在してゐるのと同じほど確かなことである。世界は墓石のやうに動かない。

不安の皆無、足がかりの皆無、そこから俺の独創的な生き方がはじまつた。自分は何のために生きてゐるか？　こんなことに人は不安を感じて、自殺さへする。俺には何でもない。内翻足が俺の生の、条件であり、理由であり、目的であり、理想であり、……生それ自身なのだから。存在してゐるといふだけで、俺には十分すぎるのだから。そもそも存在の不安とは、自分が十分に存在してゐないといふ贅沢な不満から生れるものではないのか。

（『金閣寺』）

このように「自然」に化すことによって、彼は次のような「明晰」を獲得する。


「苦悩は人間を殺すか？　――否。

思想的煩悶は人間を殺すか？　――否。

悲哀は人間を殺すか？　――否。

人間を殺すものは古今東西唯一つ《死》があるだけである。かう考へると人生は簡単明瞭なものになつてしまふ。この簡単明瞭な人生を、私は一生かかつて信じたいのだ」

私は私自身、これを「健康」の論理だと感じるのだ。（「重症者の兇器」）


これが『健康』の論理」だとすれば、「病者の論理」が何であるかということは明らかであろう。即ち彼が最も近親憎悪を抱いた相手――ロマン派であった。「そもそも治りたがらぬ病人は病人ではない」ので、「苦悩」を愛するロマン派に対する三島の当然の憎悪は、しかしすでに彼自身を深く侵したロマン的「苦悩」によっていたのである。彼の過大なナルシスムは、逆に激しい自虐と転じて、彼自身でもあるロマン派の欺瞞的意識構造を徹底的に解体してしまう。

私はやつと詩の実体がわかつて来たやうな気がしてゐた。少年時代にあれほど私をうきうきさせ、そのあとではあれほど私を苦しめてきた詩は、実はニセモノの詩で、抒情の悪酔だつたこともわかつて来た。私はかくて、認識こそ詩の実体だと考へるにいたつた。

（『私の遍歴時代』）

おそらく自然＝健康の論理から、きわめて生理学的、生物学的結論が生じてくるのは当然であろうが、ニーチェがしばしば食餌療法を説いたように、三島はたとえば太宰治に対して、「あの程度の苦悩などは、器械体操でなおってしまう」というのである。事実三島の半生は、クレッチマー流にいえば「分裂質型」から「闘士型」への文字通りの体質改善であったといえるかも知れない。ロマン派の自己克服のための彼の努力は、「美と倫理」が同一のものであるギリシヤ的、古典的自然を所有しようと意志する。しかも、彼の眼から見れば、疎外された人間がすべて不具者であるように、多少とも幻想的秩序によって生きようとする人間はすべてロマン派なので、彼の企ては同時代のインテリゲンツィアに対する根底的な批判となっているのだ。彼の所謂「思想の相対性」とは、「自然」という原点から幻想的秩序を見るときにのみ、可能である。

しかし三島が自然を、ギリシヤ的肉体を所有しようとすることは、ニーチェがキリスト教（ロマン派）的な仕方でしかキリスト教（ロマン派）を否定しえなかったように、甚だ「不自然」であって、あくまでそこに達しようとするには、一種の「かのように」哲学を要するのであった。三島は敗戦よりもその前に起きた失恋事件の方が衝撃だったといっている。これは重要なことである。ドニ・ド・ルージュモンによれば、一二世紀に成立した情熱恋愛（ロマンス）は、カトリックの下に弾圧された異端カタリ派（ネオ・プラトニズム、マニ教）の文学的表現であって、それ以後ヨーロッパのロマン的な「苦悩による認識」というパターンすら決めてしまったような宗教的力である。情熱恋愛は、「愛」を愛し、「死」を愛し、「不在」に憧れるナルシスムの愛であって、「トリスタンとイズー」のように、死においてのみ完成しうるような「姦淫」の愛である。三島を打ちのめしたこの情熱恋愛の「苦悩」こそ、サドやニーチェをも襲った「苦悩」に他ならず、彼は殆ど無自覚のうちに近代思想のロマン的毒液を身に浴び、そこから「治ろうとする病人」となっていたのである。性的情熱恋愛は同時に政治的情熱恋愛でもあり、彼は一対の男女の恋愛事件を深く洞察するところから、政治のエロティックな本質をも嗅ぎあてずにはいなかった。（明治二〇年代に革命的ロマン派であるとともに恋愛至上主義者でもある透谷が出現している。我々はそれとほぼ同時に、鷗外と二葉亭という異質のタイプをも見出す。透谷と鷗外と二葉亭という三者の位相が、ある普遍的なパターンをもっていることは、以下の叙述によって明らかにされるであろう。三島とともに想起するものはいうまでもなく鷗外であって、鷗外は情熱恋愛からの一種の転向者であり、それ故自分の生活を仮象にすぎないと思いこむ「かのように」哲学によって、性的にも政治的にも「明晰」であろうとしたということができる)。

しかしキリスト教的価値転倒に対して、ギリシヤ的自然に立とうとすることは、ニーチェを脅かした。「時間の不可逆性」によってたちまち瓦解させられてしまうのである。ニーチェが「永劫回帰」という「かのように」によって、不自然な、むしろキリスト教的な解決を見出さねばならなかったように、三島は独特の終末論を必要とした。

時間は次のようなかたちで三島を見舞う。

私にとつて、敗戦が何であつたかを言つておかなくてはならない。
それは解放ではなかつた。断じて解放ではなかつた。不変のもの、永遠なもの、日常のなかに融け込んでゐる仏教的な時間の復活に他ならなかつた。
(……)私の内にはその逆に、永遠が目ざめ、蘇り、その権利を主張した。(……)
天から降つて来て、われわれの頬に、手に、腹に貼りついて、われわれを埋めてしまふ永遠。この呪はしいもの。
(『金閣寺』)

時間は、彼の「明晰」を、「思惟の相対性の認識」を損い、相対化し、再び彼を「苦悩」の中に落しこんでしまう。彼はいくらでも「明晰」を装い、「思想の相対性」を唱えることはできたが、彼自身の内部の深淵でそれが瓦解せざるをえないことを三島は充分知っていた。彼は「永劫回帰」によってではなく、あの時間の停止した中世的な時代――滅亡の予感に充ちた時代――の再現を確信することによって支えようとする。

私を焼き亡ぼす火は金閣をも焼き亡ぼすだらうといふ考へは、私をほとんど酔はせたのである。（『金閣寺』）

「不具者の論理」は「健康の論理」を表層としながら、深層では「全ゆるものの死の中での自分の死」を願うような構造を持っている。三島の小説は、この「時間」におびやかされる日常生活に於て、笑いものにされかねぬ終末願望を仮構することによって、「明晰」をつまり「苦悩の療治」を保つ所にある。これは通常の文学的表出とは異なり、読者の感情移入を許さないので、しかも磨きあげられた透明で豪奢な文体は、威圧的に相手を吸引すると共に突き放すという二重の効果を持っている。彼の文体は素晴らしく美貌で装飾的でありながら相手を不毛にする石女である。

おそらくこの原因は、時間に対しては著しく過敏でありながら、空間に対しては殆ど無頓着でいられる所にある。空間、即ち他者意識における無関心は、かつて服部達が指摘したように、「触覚的遠近法」をとり、視点の遠近法を無視して壁画のように対象を塗り込めることを可能にするのである。たとえば、大江健三郎が地名を決して用いないのは、彼の空間的な遁走と執着によっているが、三島にあって、地名は『美しい星』のようなSF小説に於てすら堂々と現れる。それ故三島の文学は、その時間に対する固有の危機感によって、逆に現実の時間的位相の変化をだれよりも鋭く表出しているということができる。

自立

吉本隆明は戦中も戦後も孤立していたようである。三島由紀夫は戦争中「われら」ということばが発せられるのをぞっとして眺めていたといっているが、それは「ファシストだった」と居直った吉本の場合にも同じで、彼は「ぼくが真実を口にすると　ほとんど全世界を凍らせるだらうといふ妄想によつて　ぼくは廃人であるさうだ」(「廃人の歌」)ったので、「転向論」によって現れるとき彼は「戦後になっても、戦争で死んだ同年輩に対する非難に、じぶんの異和を申し述べて同調するよりも、かれらの死を擁護した」わけである。

「自立」の思想に結晶する彼の戦後の孤独な思想形成は、それ故つねに「積極的に秩序からの疎外者となる」ことと、それ自体の検証から始まっている。彼の考えでは「わたしたちは、公権力に逆らうものは、たえず内的な腐蝕にさらされる、ということを実感したときだけは、いわば内的な恐怖を感ずる。その余の恐怖はたんに生理的なものにしかすぎない。ちょうど崖からおちそうになったときに感ずる恐怖のように」。「転向論」がほとんど拷問による肉体的苦痛の問題として処理されていたとき、彼は肉体的苦痛を単に生理的であると峻別する視角から、「思想の内発性」というカテゴリーから思想的責任を追求したのである。しかし、一般に彼の発した問いは、倫理的尋問として解されざるを得なかった。この「転向論」の発想に見られる吉本の考え方は、徹底したものであって、彼は表現者と行為者を完全に峻別する。いいかえれば幻想性〈時間性〉と現実性〈空間性〉を分離し、表現者は幻想の領域にのみかかわり、行為者は現実の領域にのみかかわるということである。勿論、同じ人間が表現者であるとき同時に行為者たることはできない。

ある〈時代〉性が、ひとりの人物を、その時代と、それにつづく時代から屹立させるには、かならずかれが幻想の領域の価値に参与しなければならない。幻想の領域で巨匠でなければ、歴史はかれを〈時代〉性から保存しはしないのである。(……)たくさんのひとびとが記述の世界に、つまり幻想と観念を外化する世界にわずかでも爪をかけ、わずかでも登場したいとねがうことは、歴史のある時代のなかで〈時代〉性をこえたいという衝動ににている。(……)しかしけっきょくは、こんな知識の行動は、欲望の衝動とおなじようにたいしたことではない。幻想と観念を表現したい衝動のおそろしさに目覚めることだけが、思想的になにごとかである。生まれ、婚姻し、子を生み、老いて死ぬという繰返しのおそろしさに目覚めることだけが、生活にとってなにごとかであるように。

（「カール・マルクス」）

彼の「自立」の思想を要約すれば、ほぼ次のようなことになるであろう。

人間は生まれたとき、すでにある特定の条件におかれている。この条件は、個人の生涯のおわりまでつきまとう。だから結果としてかれが何々であった、ということにはほんとうは意味がない。意味があるのは、何々であった、あるいは何々になった、ということの根柢によこたわっている普遍性である。その普遍性を、かれがどれだけ自覚的にとりだしたか、である。記述したかどうかはもんだいではないのだ。ここでとりあつかう人物（マルクス）は、幾世紀を通じて、幻想と観念を表現する領域では最大の巨匠と目されてきた。しかし、誤解すべきではない。現実の世界では、きわめてありふれた生活人である。そこで、かれがこの幻想と現実の総体に、個と普遍性の全体に、どれだけ自覚的な根拠をあたえたかがもんだいになる。

（「カール・マルクス」、傍点筆者）

ここには「前世代の詩人たち」や、「海老すきと小魚すき」や、「日本ファシストの原像」などの諸論文に示された庶民の自立と、「芥川論」や「転向論」に示されたインテリゲンツィアの自立が包括的に表現されている。つまり庶民は啓蒙され教育されることによってではなく、「生まれ、婚姻し、子を生み、老いて死ぬという繰返しのおそろしさ」の中から「普遍性を自覚的にとりだす」ことによってのみ自立しうるのであり、それは「いつも表現にならずに現実の生活過程にかえっては、ふたたび生活をおしすすめるところに本性がある」ので、彼らがそれを表現したり「記述したかどうかはもんだいではないのだ」。

またインテリゲンツィアの自立については、いかなる出身階層からであれ、自然的秩序からの積極的な疎外者としてインテリゲンツィアが生れてくる限り、つねに「自分の庶民の生活意識からの背離感を、社会的な現実を変革する欲求として、逆に社会秩序にむかって投げかえす過程」が必要である。即ちインテリゲンツィアが偶然的に、さまざまな出身階層から生れてくる過程は、「往相」であるが、さらに「還相」が必要なのである。

彼の独創性のひとつは、つねにこの「往還運動」を自覚的に持続するほかに正当な意味での変革などありえないと考えるところにある。ことにそれが文学の価値の評価の問題になって現れるとき、どれだけ作家が自己の感性を対象化しえたか、その偶然的な「生いたち」による幻想から「普遍性」をいかにとりだしたか、というかたちで問われることになる。なぜなら「作品の形式的構成力は、作家にとって自己意識が安定感をもって流通できる社会的現実の函数である」からであり、「自己の安定した社会意識圏にかえる」ことによってしか、だれも「普遍性」を汲みとることはできないからである。たとえば、彼は芥川の自殺の主因を中流下層庶民出身である彼が、それを恥じ嫌悪し抜群の知的教養によって弥縫しようとして行き詰ったところに見出している。同じ中流下層庶民出身である吉本は、「回帰」を「還相」を求めることによって、インテリゲンツィアの啓蒙主義、前衛主義と絶縁するのだ。

だが、これで彼の「自立」思想を了解しえたということにはならない。以上の説明は、確かに彼の思想を捉えている筈であるが、私が見極めようとする彼の「自己検証」の劇はその背後に深く秘されたままである。

「ひとが、結果として何々であったということに意味はない。その根柢にある普遍性をどれだけ自覚的にとりだしたかだけに意味がある」ということは、意味を与える何ものかを前提とすることによってのみ可能である。端的にいってそれは信仰であり、「自立による救済」についての信仰なのだ。彼がどれだけこの「信仰」に関して厳密に自己検証していたかは「マチウ書試論」という初期の論文を見ればわかるであろう。殆ど現実の不可能性の中に可能性を見、可能性の中に不可能性を見出すような彼の思想は、原始キリスト教的な終末論によって支えられているのだ。従って、彼を理解するためには、原始キリスト教の弁証法について習熟している必要がある。彼の「自立」の思想の難解さは、原始キリスト教の弁証法の難解さでもあるからだ。

『キリストと時』の著者、クルマンは、原始キリスト教の原義から、カトリック、プロテスタント、パスカル、キルケゴール、シュヴァイツァーなどを明確に批判している。ここでそれを披瀝する暇はないが、重要なことは、「実在が当為であり、直説法が命令法である」ような、原始キリスト教独自の終末論である。その弁証法は、終末の時と中心の時(キリストの来臨)との緊張関係において救済史上の現在を生きるという点にある。

キリスト教は無論幻想であるが、歴史的な幻想をこえるような幻想である。つまり、ここにはつねに鶏と卵のような循環論がつきまとう。終末論は一たび幻想が幻想をこえることによって幻想自体を揚棄する過程の始まることを意味する。たとえば、いかにマルクスが生産力と生産関係から幻想の歴史的制約を見ようとしても、彼の理論自体の「弁証法」を根拠づけることはできない。先ず信仰によってのみ、弁証法は存在する。しかもその弁証法によって逆に歴史を説明しうるという循環論に、窮極の不条理が横たわっている。

吉本の思想の独創性は、マルクスがヘーゲルを転倒したように、原始キリスト教を転倒したという点にある。あらゆる「歴史主義」は全て原始キリスト教の終末論の俗化し歪曲されたカトリック的形態に源を発しているが、原始キリスト教そのものとは無縁というべきである。「実存主義」は逆に終末論を欠くが故に、やはり無縁である。「相対」と「絶対」を整合する「理性の狡智」に比べて、吉本は正当にもそれを全く逆立するものとして、「現実的領域」と「幻想的領域」に分離し、決して混同しまいとする。そしてそれに耐えるものこそ、ひめられた「信仰」であるといわなければならない。

原始キリスト教徒が、聖書的歴史と現実的歴史の中で二重に生きたように、我々は歴史的に累積された「幻想」と歴史的に変化してきた「現実」のはざまに生きる他はない。吉本にとって文学の存在理由は、終末論的未来に於てしかありえない幻想的疎外の揚棄が、想像力によってたった今、感性的に予感されうるという点にある。リアリティに対する感性的直感＝想像力は、従って、恣意的な空想力ではなく、全幻想と等価で逆のヴェクトルをもつものであり、それ故、歴史的、風土的制約を帯びざるをえない。いいかえれば、文学史は想像力の歴史であるが故に「幻想史」（宗教史）ということになり、ヴォリンガーの芸術史＝絶対的表現意欲史が宗教史であるように、彼の文学史＝自己表出史は幻想史に他ならないのである。

『言語にとって美とはなにか』は、言語を商品におきかえれば、『資本論』の叙述に相当する筈であるが、「価値論」の根底にひそむ循環論的性格をもまた彼は受け継いでいる。価値が自己疎外＝対自から生れるという裏には、超越的な存在を前提していなければならないからである。彼の理論が「信仰」に基づいているという指摘は、実は少しも彼に対する批判になっていない。「哲学自体を揚棄しなければならぬ」とマルクスがいったように、我々の抱く観念が歴史的幻想であること、哲学はそれらの共犯的な反省及び論理的体系化であること、を見抜きうるのは、信仰による「弁証法」のみであるが、凡庸なるマルクス主義者は、哲学的教養で幻想から自由となりうると盲信しているのである。吉本の「自立」は、各自の幻想の対象化による自立であって、哲学的啓蒙によるのではない。いまや彼の考察は、「言語」からさらに「精神病」のような幻想的疎外の究明に向っているが、それというのも、心的現象を解明しえぬようでは「自立」もありえないからである。

最後に私は彼がどれだけ自己の「信仰」を検証しようとしたかを述べなければなるまい。「マチウ書試論」において、彼は原始キリスト教の少数者、被疎外者としての心情がどれほど内的腐敗をかもすものか、を克明に指摘しながら、ふいにがらりと調子を変えて、これを救抜しようとする。「マチウ書の作者が、ここで提出しているほんとうの問題は、現実の秩序のなかで、人間の存在が、どのような相対性のまえにさらされねばならないかという点」にあり、由来、この問題はあらゆる思想家が見てみぬふりをしてきただけであり、解決されたことはない。現実の秩序にのっとって心情の秩序がさだまる、というのがユダヤ教の思考の型であり、原始キリスト教はまったくそれを逆向きに考える。しかし、秩序に対する反逆、それへの加担というものを、「こうこうしなければならぬ」という倫理に結びつけうることは、いかなる強制的説得によっても不可能なので、ただ「人間の意志をこえた、人間と人間の関係の絶対性」という視点を導入することによってのみ可能である。「関係の絶対性」とは経験的事実性ではない。吉本は原始キリスト教徒とともに「関係の絶対性」を信ずるのであり、この地点において、「現実の秩序のなかで相対性と絶対性との矛盾に生きるほかはない」人間のあり方を完璧に洞察してしまう。それ故、彼は「公権力に逆らうものの内的腐蝕にのみ恐怖を感ずる」のだ。

人間の歴史は、その法則に従って、秩序の構造を変えて行くが、人間の実存を意味づけるために我々が秩序に対してとりうる型は三つしかなく、キリスト教の歴史はそれぞれの型を示した、と吉本はいう。

第一は、己れもまたそのとおり相対感情に左右されて動く果敢ない存在にすぎないと称して良心のありどころをみせるルッター型であり、第二は、マチウ書の攻撃した律法学者とパリサイ派そのままに、教会の第一座だろうが、権力との結合だろうがおかまいなしに秩序を構成してそこに居すわるトマス・アキナス型、第三は、心情のパリサイ派たることを拒絶して、積極的に秩序からの疎外者となるフランシスコ型である。

（「マチウ書試論」）

成熟

討論の司会をしながら、私は青春というものの醜悪さについて考えた。この青春のみならず、一般に青春というものがいかに醜悪であるか。

一九五九年に行われた「怒れる若者たち」というジャーナリスティックな題目のシンポジウムのあとで、江藤淳は苦々しく語っている。「彼らは独創を行うと信じて模倣する。最新の世代に属すると信じて、明治以来日本の青年がたえずくり返してきた不毛な情熱を再演しようとする。（……）彼らは日本の近代に生きてきた青年の大部分と同様、或はそれ以上に、きわめて信じやすく逆にいえばそれだけ絶望しやすい。これは彼らが自らの行為についてきわめて無意識的であるということの、この上ない証拠に他ならない」。

このように書いたとき、江藤は高飛車に「怒れる若者たち」を弾劾していたのではなく、自己の「幻滅」の苦渋を嚙みしめていた筈である。もとより「夏目漱石」によって登場した若い江藤が「青春の醜さ」に無自覚であったわけではなく、「自らの行為について無意識的」であったわけではない。にも拘らずここに激しい苛立ちと悲哀がうかがわれるとすれば、確かに何かがあった筈なのである。

彼の「秘密」即ち「自己検証」は、「青春」によって象徴さる「純粋」、「反抗」、「情熱」などの自己完結性に対する否定から始まっている。青春の「苦悩」や「純粋」は、「不毛」と「不潔」とに自ら耐えている「大人」の広い背によって支えられてはじめて可能であるにすぎない。青春の情熱は、ルージュモンがいうように、「不在」への愛、「死」への愛、「苦悩」への愛であり、他者を拒否するナルシスムの自己完結的な「死への衝動」であるが、「漱石」を書いたときの江藤はすでにこの「苦悩」を克服していたといってもよい。

三島が「明晰」によって、吉本が「自立」によって対象化したこの「苦悩」を、彼はいわばヒューモアによって対象化する。「自分自身を子供のように取扱い、それと同時に、自分自身であるところのその子供に対して、大人としての優越した役割を演ずる」というヒューモアについて、フロイトは次のように述べている。「膨張した超自我にとって、自我はとるに足らぬほど小さなもの、自我の有する関心などは全て吹けば飛ぶようなものと映ずることが可能である」。

それはいいかえれば、異端的な「情熱恋愛」に対して、正統的日常的な「結婚」を選ぶことであって、前者は人を「永遠の青年」たらしめるが、後者は人を「成熟」させるのである。

成熟した人間とは、生活に喰われてしまった人間だ。そしてその代りに自らの意識のなかに社会を得た人間である。人が成長するということはこういうことだ。それはあえて「不純」になることである。

だが「生活」により「結婚」によって圧殺された「情熱」の疼きはどこへ行けばよいか。彼にとって文学とは、「他者」により「生活」によって喰われてしまった人間が抱く夢であり秘密に他ならない。「苦悩」を現実的に処理してしまうことのできた逞しい生活人、菊池寛ならいざ知らず、江藤はこのような二律背反に引き裂かれざるを得ない。「実行を断念した」彼は、生活の場で相対化される「自由」を実現する機会を文学に於てのみ見出さずにはいない。行為はつねに幾らか自己を疎外することによってのみ可能なので、「いつの時代の誰が、現実に〈自由〉でありえたか。おそらく真の〈自由〉は、現実に人間が〈自由〉でありえないことを洞察した者によってしか求められる筈がない」と彼はいう。

しかし「作家は行動する」を書いた当時の江藤は、「生活」につながる「倫理」と「夢」につながる「美」とが、表現行為において等式として成り立ちうると信じていたのである。そこに彼の二十五歳という若さと時代性を見る必要がある。

彼に「幸福な時代」というべきものがあったとすれば、それは未だ彼が「秩序」が強力に存在すると信じ得、従って「反抗」が存在しうると信じ得たときであった。何ものか根深く強大な秩序があると信じられたときのみ、倫理的価値と美的価値を表現行動において統一しうる文学原理論も可能であったのだ。彼と「怒れる若者たち」とのもともと不釣合な連帯を可能にしたのも、この「秩序」に対する共通感覚であった。警職法闘争から安保闘争にかけての間に、確実に江藤の「幻滅」は訪れたのであり、その「幻滅」は大江健三郎らの「絶望」とは異質であった。そのとき、彼にとって「秩序の感覚」の不在がふいに激しく意識され、従って、「作家は行動する」に於て構築したあの等式は音をたてて崩壊してしまったのであった。

詩の否定と詩の肯定との、もともと背反するが故に幸福としかいいようのない一致の上に成立した「文体」の崩壊こそ、このときの江藤淳を襲ったもので、もはや「原理論」を再建することは江藤の資質からいってありえなかった。「小林秀雄論」に向って行ったのは当然である。その後の彼を待ちうけたものは、大きく亀裂をひらいた「倫理」と「美」の二元的対立であった。

たとえば、「他者という軸と死という軸の交叉する点に生活があるとすれば、倫理という軸が相交って均衡を得た点に、理想的な文体がある」というような苦渋に充ちた「文体論」がそこから生れてくる。勿論それは楽天的な折衷主義とは縁もゆかりもない。おそらくその背後には、「いわくいいがたい悲哀」がある筈なので、文化的秩序が不在であるが故に「秩序の文学」を要求し、「成熟」が不在であるが故に「成熟の文学」を願う江藤は、あの幸福な「一致」の喪失感に耐えている筈である。「人不知而不慍、不亦君子乎」と呟きながら。

要するに、江藤淳の論理は、つねに二律背反の緊張を生きるというところにある。詩と散文、夢と生活、想像力と現実、自我と超自我、反抗と秩序、快感原則と現実原則、等々。即ち時間的なものと空間的なものとのあやうい一致感が潰え去ったとき、彼はその相補的であり背反的であるような二つの緊張関係を生きようとする。彼は吉本のように、「幻想と現実」を峻別するのではなく、その緊張関係にとどまるのである。それ故、吉本が「高村光太郎」で述べているように、「自己幻想に全生活を殉じさせる」いわば時間性の方向にのびて行くとすれば、彼は空間的な領域を志向するということができる。たとえば、吉本が自己表出の度合から文学史を縦断するとき、江藤は空間的、風土的、倫理的な横のひろがりに於て文学史を見るという具合に。しかし、江藤は、人間には個々の星があるだけだという小林秀雄の地点まで時間を放棄するわけではなく、あくまで二律背反的緊張に耐えるのである。

この種の二律背反を徹底的に考え尽した者が他にいるとすれば、「文化の不安」を書いたフロイトではなくて、マックス・ヴェーバーだったと私は思う。疎外された資本主義社会では全人的存在であることは不可能で、人は全て職業人として現れる他はない。ヴェーバーの出発点は、職業人として、いいかえれば秩序の中の人間としていかに「自立」しうるかというストイックな決意にある。「日常性逸脱」と「日常性埋没」はともに否定される。彼はしかし折衷主義や歴史的相対主義の立場を採ったわけではなく、むしろ最もそれを敵としたのである。彼は我々の発想及び発想の衝動自体が一定の歴史的幻想に拠っていることを、また「幻想」によってのみ、即ち「非日常的」狂気によってのみ「幻想」を超えうるという循環論を熟知していたが、彼の努力はその循環をどこかで断ち切ろうとする所に向けられる。それは、「自己完結的に逸脱しようとする」信仰及び情熱と、「自己を他者に喰わせる」成熟と生活との間に、たゆみない明晰な観察力（自己検証）によって架橋することであった。そしてそのたゆみない自己検証を支えているものは、彼自身の責任倫理であり、彼自身の騎士道的精神であるということができる。

ヴェーバーのストイシズムが騎士道にあるとすれば、中村光夫や江藤淳のそれは武士道にあるので、彼らにつきまとう長所と欠陥もまたそこにあるのだ。中村や江藤が「二葉亭」や「漱石」に見出したものが、「武士道的倫理」と「情熱的苦悩」との葛藤劇であったのは自明である。

エピローグ

私の示した三者の型は、それが彼らの際立った論理力によって極度に純化されているが故に、現存秩序でとりうるインテリゲンツィアの思惟様式と存在様式とを極限に於て表示していると思う。従ってある思想が他の思想を批判し相対化しうる形態そのものも、この三角関係以外にはあり得ない。そこに「現実」を曖昧に持ち込んだり、自己幻影に曇った眼で批判を下したりすることは全く無意味なのだ。現実の相対性に耐えられぬ者が幻想の絶対性を志向しながら、さらにそこに根拠のない「現実的絶対性」を持ち込むということ程欺瞞なことはないからだ。ここではまた如何なる「相対主義」もたちまち根拠を剝奪される程に厳しく自己の存在を問い詰められる筈である。逃避すべき道は残されていない。最近「私の文学」というエッセイを読み、そこで「芸術家」三島が、思想の伝達力に対して羨望を示しているのをみて興味を覚えたが、これはおそらく吉本を念頭においてのことに違いない。他者を殆ど拒絶しながら、思想の「共同性」によって生きのびる思想力に対して、三島は芸術には思想の持つような「共同性」(フォルム)がない、とかこつ。しかし勿論彼は羨望する必要などないのだ。「顔が思想をつくるのだ」という「明晰」から発せられた批評は、必ず吉本や江藤の肺腑をえぐってしまうのであり、「明晰」によって相対化されぬ思想などはあり得ない。しかし三島の「明晰」は、江藤から見れば「青年」かまたは「老年」の論理であって、決して「成熟」しえないものである。三島の「青春否定」は、青春の共犯的反省にすぎないので、一般に精密なる自己分析だけによって人は成熟することはない。

だがさらに江藤淳の論理は平面的であり、「関係の絶対性」を見ないものであるが故に、そこからは決して超越的な変革は生れてくることがない、と吉本はいいうる。一方、「幻想」による垂直的な「幻想」の超克によってのみ可能な変革、つまり「狂気」の論理（たとえ還相があるにせよ）に対して、江藤淳はつねに平面的な「成熟」と「ヒューモア」の地点から相対化しうる資格をもつ。

けれども実際は、彼らは殆ど自己の欠落を残る二者に見出すことによって互いに寛大である。それは政治的駆引などではない。批評とはとりも直さず自己批評に他ならないので、最も鋭い対立感の真裏に寛容が生れてくるという逆説がここにある。極言すれば、このようなぎりぎりの対立と寛容に達しえない「批評」は、自己に対して盲目であり、従って自己批評を欠いているが故に、批評ではないのだ。内的な自己検証に向わない限り、哲学史や思想史の中から堆積する概念の山をどれほどかき分け整合しても無駄であり、いかなる新思想、新批評も、かく自己に問いかけるとき、ぶざまなみすぼらしい骨格を露わにする他はないのである。

しかもだれも一人でこの三極を所有することは出来ない。それは神のようになることであり、つまりは自己幻影に酔うことである。だから、最後に大切な問いが一つだけ残っている、「自分は何者か」という問いが。

新しい哲学

この新しい哲学には、どんな合言葉も、特殊な言語も、特殊な名称も、特殊な原理もない。それは思考する人間そのものである。

——フォイエルバッハ

その一

マルクスの著作を年代順に読みのぼっていくとき僕らが最初に抱く疑問は、『経済学・哲学草稿』（以下『草稿』）から『ドイツ・イデオロギー』への一種の転換の意味である。実はこの転換の意味は意外に深く、後年マルクス哲学をめぐって展開された思想的文献学的諸対立は最初のこの転換のうちに宿っているとみてさしつかえない。今もこの転換の意味はさまざまな変奏の下に問われつづけているといえる、例えば『資本論』はいかに「史的唯物論」と関係するのか、それは「史的唯物論」に支えられているのかそれともその逆か、またそれはなぜ商品からはじまり且つ自己完結的であるのか、というように。僕の考えでは『資本論』は『草稿』の延長線上にありそのある一面の論理的完成なのだから『資本論』と「史的唯物論」の関係は、『草稿』と『ドイツ・イデオロギー』の関係の一部にすぎない。そこで『草稿』から『ドイツ・イデオロギー』への転換の意味を問うことは、マルクスの諸問題を解く鍵となるはずである。(そのためには一見自明の前提を捨ててからねばならない。即ち『ドイツ・イデオロギー』を『草稿』の発展とみる考え方である。たしかに『草稿』時代のマルクスには、後にエンゲルスやプレハーノフによって「史的唯物論」として定式化される母胎となった『ドイツ・イデオロギー』の発想はなかったが、さらにそれを放棄することなくして——またそれに絶望することなくして——『資本論』著述はありえなかった、と考えるべきである。『ドイツ・イデオロギー』はマルクスにとって過渡的な思想以外の何ものでもなかった。だから僕には『ドイツ・イデオロギー』を史的唯物論として確立しようとする者は、『資本論』をマルクス哲学の全てだと考える者と同様、迷妄であるとしか思えない)。『ドイツ・イデオロギー』は青年ヘーゲル派の観念性に対する批判として書かれ、またエンゲルス的な唯物論の影響が濃厚であるが、『草稿』からのマルクス固有の必然的な転換として考察するとき、それが『草稿』自体の論理的欠陥から発していることが明らかとなる。

『草稿』の最も始元的な要素は「疎外された労働」であり、労働が疎外(外在化)されるところからさまざまな疎外形態が演繹されるわけだが、にも拘らず労働を疎外させるものは何かという問いに結局マルクスは答えることができない。というのも彼は現存社会そのものの中に「疎外された労働」を直観したからであり、まだそれが歴史的に遡及さるべきものとしては考えていなかったからである。おそらくこの正確な直観にとどまること、労働を疎外させるものは何かという窮極の問いに対してその結果にすぎない諸現象を以て答えるのはトートロジーでしかないこと、この不満がマルクスをして社会を歴史的に捉えようとする転換をなさしめたものであると思われる。

しかし論理的にみれば『ドイツ・イデオロギー』は『草稿』のトートロジーをそのまま単純に拡大しただけであった。『草稿』においてとらえられた市民社会は明らかにブルジョア市民社会であったが、『ドイツ・イデオロギー』では市民社会を全歴史の基底として、あるいは全歴史を市民社会の種々の段階としてとらえるというように拡張されている。あとは概ね『草稿』をいいかえただけであり、『草稿』における論理的アポリアを再び実証科学をまとったトートロジーによってすりぬけようとしただけである。

例えば『ドイツ・イデオロギー』では、分業が「疎外された労働」の原因とされ、分業と分業にもとづく自然成長性を揚棄し意識化することが「共産主義」であるとされている。しかしすでに『草稿』において「分業とは、実在的な類の活動としての人間的活動の疎外され外在化された形態」であり、「疎外のわくの中での労働の社会性の国民経済学的表現である」とマルクスはいっている。『ドイツ・イデオロギー』はただ分業と疎外された労働の因果関係を単に転倒しただけであり、悪いことに、『草稿』においては私有財産が外在化された労働の生産物であるとともに、さらに「それは労働を外在化せしめる媒介、この外在化の実現なのである」という相互作用が把握されていたのに、『ドイツ・イデオロギー』では分業こそ始元であると単純化されている。

この相互作用の論理的アポリアこそ、『資本論』冒頭の難解な弁証法的叙述をひきよせたものであって、『草稿』から『ドイツ・イデオロギー』への転換のモチーフは『ドイツ・イデオロギー』自体では果されず『資本論』において果されたといわねばならない。「生産力と交通（生産関係）の矛盾」を以て貫かれている『ドイツ・イデオロギー』は、『草稿』が資本制社会を現存的に、しかしそれだけ包括的にとらえ、『資本論』が資本制社会を現存的且つ歴史的にしかしそれだけ一面的にとらええたのに対して単にそれらの類推として巨視的に拡張されたものでしかなかった。

マルクス主義哲学といわれる「史的唯物論」は、マルクス自身が断っているように将来の実証科学の進歩をまってのみ確立されるような学であり（「自然弁証法」も然り）、もしそれが超越的に真理を主張するならば一個の神学となりさがらざるをえない。ふつうマルクスに対してなされるこざかしい批判はかかる独断論的亜流についてなされるべきであって、たしかにそれらはえせ実証主義的な超越論的史観にすぎない。それらを擁護すべき必要を僕は認めないのだ。「マルクス主義」哲学と称される山のようなくずと、それに対する批判として存在する哲学の山のようなくずは一緒に心中すればよいので、僕はそこに何らかでも関与する必要を認めない。

なぜならマルクスの経済学が経済学批判にほかならないようにマルクスの哲学はつねに哲学批判であること、つまりそれが一個の逆説的産物であることを忘れさるとき、マルクス主義哲学ができあがるのであり、マルクスを救抜しようとする試みはこの種の哲学の補正であってはならないからである。哲学の補正は別の一つの哲学をつくるだけだ、というとき僕は『弁証法的理性批判』におけるサルトルの哲学的再構築を思い浮べている。

サルトルは「史的唯物論」が神学であり独断論であることを指摘し、それを認識論的に（カントのように超歴史的な先験的形式のかわりに認識内容と相関的に動く歴史的な形式を以て）批判する。サルトルの関心は専ら「可知性」に、つまり認識論的厳密さに向けられているのである。しかしこのような関心と批判は、カントがそうであったように神学（哲学）を前提した上での、その枠内のものでしかない。すなわち彼は「史的唯物論」なる神学を理論的理性としては批判しながら、実践的理性としてはそれを支持する、まさにカントのやり口を踏襲しているのだ。いいかえればサルトルはスターリニズムに対する批判的同伴者として現れる。来日時のサルトル、あるいは日本のサルトリアンの姿勢は、まさにその二重性を示している。サルトルの認識論的厳密さには裏道があり、その二重性はスターリニズムに対して批判的よりはむしろ同伴的に傾きがちである。かつてルカーチは『実存主義はヒューマニズムである』の倫理学がカント的であると批評したがサルトルの二元論はその後かたちを変えただけである。さらにスターリニズムに加担した度合だけ、スターリニズム批判が厳密化したとしかいえない。

しかし畢竟批判哲学は哲学批判ではありえない。フォイエルバッハやニーチェがなした徹底的な哲学批判をマルクスも共有しておりさらにそれらを越えているのだが、この批判の意味、この「自然」への徹底的解体の意味の深さは、サルトル的折衷の測りうるところではないのである。

勿論『弁証法的理性批判』の提起している問題はそれ自身興味深いものであり、簡単に批判し去りえないことはわかっている。ただここではマルクスとサルトルの疎外論のちがいに少しふれておくべきだと思う。単に解釈の問題ではなく、そのちがいがある根源的な思想の問題にかかわっているからである。

サルトルは「疎外された労働」が人間を類的存在から疎外させるというマルクスの構想をとらない。それは多分マルクスが現存資本制社会を透視するようにとり出した自己疎外（市民社会と政治的国家の分裂がその一例）の直観を、サルトルは類的社会から階級社会へという時間的な移行としてとらえる「史的唯物論」の神学的な疎外論と混同し、混同した上で批判を進めたからだと思われる。けれども実際はそれだけではない。「自己疎外」

というとき、その「自己」はマルクスにとって「類的自己」であり、サルトルにとって「実存的自己」なのであるから。

例えば「実存は本質に先立つ」というかつての彼のテーゼは、本質とは先行する社会的歴史的諸条件（過去性）であり、実存はそれをあらためて認めるという点でそれに〈先立ち〉、つねに自由な超越的な投企をなすというふうに変えられている。根本的に彼はこの〈投企〉の哲学の上に立つ。この〈投企〉は、『弁証法的理性批判』では実践であり〈全体化〉である。マルクスには実践（対象化）が全体化であるという発想はなく、ただ人間は全人的に自己を対象化し対象的にしか自己の本質諸力を認識しえないというだけである。要するに実存的自己の実践が〈全体化〉なのか、〈全体的〉自己の実践なのか、というちがいがサルトルとマルクスの間に横たわっているのである。

但しこのちがいはサルトルが遡及的に、マルクスが現存的に人間を把握しようとしたからというだけではなく、西洋哲学の伝統的立場とそれを根本的に転倒する立場のちがいに基づくことに注目すべきであろう。サルトルが「自由」を求めているのに、マルクスは（ニーチェとともに）「自立」を求めているのである。

> ある存在が自分の足で立つようになるやいなや、それははじめて自立的なものとみなされる。そしてそれが自分の現存を自己自身に負うようになるやいなや、はじめて自分

の足で立つようになる。

（『草稿』）

サルトルの「自由」の意味するものは、西洋哲学及び神学の伝統的観念としての「自由」であると同時に、もっと具体的にいえば、ナチズムやスターリニズムの中での自由であり受身的な観念である。そこにまたサルトルが批判的同伴者として終始する理由がひそんでいる。日本の「組織と人間」論者がサルトルに共鳴してきたのも同じこの受身性の故である。

しかもサルトルの理論的不備は、別の点で、すなわち国家や芸術を論じるときに集中的にあらわになる。マルクスが類的存在としての人間の種々の疎外形態を、国家、芸術、宗教などに分化することに成功したのに対して、サルトルはそれらを正当に意味づけることができない。国家やとりわけ文学について論じる最近のサルトルは小スターリニストの観を呈するといっても過言ではない。

その二

『ドイツ・イデオロギー』は先に述べたように「疎外された労働」を分業に還元したのだが、その分だけマルクスの国家論からも疎外論的視点が失われ、特殊利害と共同利害の矛盾というそれ自体分業から派生する矛盾から国家という幻想的共同性の成立を説明するに到る。少くとも『ドイツ・イデオロギー』は国家をただちに階級的利害に結びつける傾向の礎石となった。このような国家論はエンゲルス、レーニンを経て集大成され、サルトルにも継承されている。資本主義国家は悪く、社会主義国家はよいというような非本質的見解の源もそこにある。

『ユダヤ人問題によせて』などにおけるマルクスの国家論は右のような階級国家論ではなく、逆に国家が政治的階級を生みだすといった独創的な見解であった。国家が階級国家と規定されたときから、後に述べるように殆ど救いがたい現実認識の貧困が芽生えるのである。「マルクス主義」がナショナリズムに躓いたのも、日本的転向が続出したのも実はその国家論の誤謬に基づいているといってよい。

『草稿』時代のマルクスの国家論はほぼ次のようなものである。労働が外在化（疎外）される社会では、類的自然的存在としての人間の対象化行為は三重に、すなわち第一に自然から、第二に自己自身から、第三に類的生活から疎外されて現象せざるをえない。私有財産、分業、貨幣、階級などはその帰結である。類的生活から疎外された人間は、市民社会内部では本質的でありえず、市民社会の外に政治的国家を幻想的に生みだすことによって自己の本質を回復するほかかない。いいかえれば市民社会内部では人間は現実的に生活しているのに本質存在から疎外され、政治的国家内部では幻想的にしか本質を回復しえないというわけである。それ故に政治的解放は人間に自己回復をもたらしはせず、社会革命、つまり市民社会内部での現実的な解放のみが国家（公人）と市民社会（私人）の分裂の揚棄をもたらしうる。

マルクスにとって「共産主義」とは、政治的国家内部でのみ幻想的に本質的であるにすぎない状態（民主主義国家）を揚棄して、現実的な市民社会内部において本質的であり「自分の足で立つ」こと、つまり「人間的本質存在が自己自身に対立して非人間的に対象化されること」のなくなることを意味している。それは絵にかいたようなユートピア思想ではないし、SF的未来図でもない。マルクスが現実の社会と具体的な生活者を透視することによって得た認識にすぎない。

僕らが今もくみとるべきマルクスの貴重な発見は、政治過程は実は幻想的過程であること、そして社会革命こそが本質的なものであること、しかし社会革命は逆に政治革命を媒介せざるをえないこと、などである。このような透徹した発見は、マルクス主義の創造的発展と自称する現在の諸党派には全く失われてしまっている。それらの一極は、後進国革命に付随する「政治革命の優先」である。これは他方で「近代化の一方法としての共産主義」として評価されてもやむをえないものであって、マルクスの生きていた当時のドイツ程度の段階の国家にしか通用せず、到底先進国の革命理論たりえない。他の一極は流石に「社会革命」らしきものを提示する、しかし社会革命が政治革命を媒介するそのあり方を理解していない、つまり国家あるいは政治が幻想的過程であることを解していない、のみならず社会革命を単に経済的革命としてしかとらえていない。これら両極の対立の一部が例えば「中ソ論争」と呼ばれているが、こんな所に革命思想の一片だにあるわけがあろうか。「史的唯物論」と同様、僕は彼らの空しい争いに思想的には何一つ関与する必要を認めない。

さてマルクスは資本制社会における人間は、市民社会においては私人として「欲望の体系」（ヘーゲル）のままにあらわれ、自然成長的に競争する私的存在として本質存在から疎外され、他方政治的国家においては公民として、抽象的な人権としてあらわれることを洞察したのであった。この自己分裂の止揚は、市民社会内部の現実的な疎外を止揚することによってのみ可能であるところから、マルクスは市民社会そのものの分析にとりかかる。つまり彼は経済学の研究に沈潜していくのだ。

それでは『資本論』は『草稿』に示された市民社会の分析に何を加えただろうか。彼は『ドイツ・イデオロギー』の中で次のように書いている。

（……）表象においてはブルジョアジーの支配のもとにおける個人は以前よりも一層自由である。なぜなら、かれらにとってはかれらの生活諸条件は偶然的だから。しかし現実においてはかれらはもちろん一層不自由である。なぜなら、よりおおく物的な強力のもとに包摂されているから。

これをいいかえれば、現実の市民社会では人間と人間の関係は彼らの意志をこえた絶対的な関係としてあるのに、法的表象においてはそれは全く恣意的で偶然的な関係としてあらわれるということである。人間と人間の関係の絶対性は意志的にあるのでもなければ宗教的にあるのでもない。マルクスがそれを経済学のうちに探っていったのはなぜか、それは、人間関係は物質を媒介することなくありえないが、逆に物質と物質の関係が人間を媒介するかのような仮象を以てあらわれてくるとき、はじめて経済学が成立する（イギリスに経済学が生れたのはそのためだ）からであり、マルクスの経済学はそのような仮象にそのまま基づく経済学に対する批判であると同時に、また人間の関係を恣意的に道徳的にとらえる法哲学に対する批判でもあった。『資本論』が商品からはじまるのは、人間の関係の恣意性を排除して自律する構造を解明するためである。マルクスは人格的なカテゴリーの代わりに経済学的カテゴリーを以て資本主義社会の構造を論理化しようとしたのである。彼は「史的唯物論」に見られるような実体的な階級概念を関係概念として把握しなおさねば、空想と私怨を混じえぬ普遍的な理論を確立しえないことをよく承知していた。彼の時代にも、いつも階級的見地や階級的利害をふりまわす連中が腐る程いただろうからである。

人格的な意志や自由や強制をいかに排除しても、人間と人間の関係が絶対的に且つ合理的に貫徹される構造の秘密は何か。それこそマルクスの見出した〈剰余価値〉にほかならない。そしてこの剰余価値概念には、例の「搾取」という言葉にみられるような道徳的な意味あいはもともとない。道徳的に解される「搾取」理論は、マルクスの人間認識の深遠さに無知であるばかりか、センチメンタルな罪悪感に基づく「憎悪の哲学」の武器とならざるをえないし経済学が絶対的な人間関係の問題であることを忘れて近代経済学と同じ土俵で競おうとして敗れるのである。一般にマルクス主義経済学などという代物は少数の例外を除いて「史的唯物論」の恣意的な分析的適用以上のものであったことはないのだ。さらに彼らは革命が幻想的過程に属することを解さないために、経済的分析こそ真の現状分析であるなどと錯覚している。

『資本論』が自己完結的になるのは次のような理由からである。人間と人間の関係が、宗教的法的表象や強制を完全に捨象しても自律する絶対的な内面関係を確立するのは、資本制社会においてであり、それが最初で且つ最後だからである。マルクスはただ現実の資本制社会をひたすら凝視しており、実体的な階級史観をふりまわしたりはしていない。そして彼は人間の恣意を捨象しても成立つこの絶対的関係の合理的実現が、それ自身人格的な対立関係を生みださずにいないことを論証する。しかしその階級はまだ単に〈自然過程〉としてあり、たえずあの経済的仮象に包みこまれている。

『ドイツ・イデオロギー』の中で出てくる自然成長性という概念は甚だ重要な、そして厳しい意味をはらんでいる。『資本論』によって示された諸関係は市民社会内部では自然成長的にあらわれること、未だ自然過程であること、この考えほどマルクス主義者をニヒリズムに追いこむものはあるまい。したがって彼らが先験的に階級の実在を主張するのも無理はない。そのことによってただちに「史的唯物論」なる神学にすがりつくわけである。「支配的な思想は支配階級の思想である」という有名なマルクスの言葉を、支配階級なる実体の思想と解するなら途方もない見当ちがいというものだ。支配的な思想とは自然成長的な（即自的な）思想のことなのである。意識的な思想といえどもそれを直接的に抑圧しえないばかりか結局たえずそれに依拠していくほかはないので、自然成長的な思想のさまざまな発展の成果を無視しては否定的理性は独断的な形而上学をつくりあげるだけである。学問的な業績をあげているのは今も観念論者である。またプロレタリア文学とか学問がありえないのは、そのような意志つまり意識的な努力よりも、疎外と分業に基づく自然成長性の方がはるかに強力だからである。この自然成長性は、それを人為的に抑圧する文化大革命に結局何の文化をも生み出さしめないといった具合に厳しく働いているのである。要するに人間の関係が絶対的であることと、それが自然過程として現象することとを混同すまじと僕はいっているのだ。

かくしてマルクスは資本家と労働者の対立は人格的には偶然的恣意的であり、「疎外された労働」が対他的に現象した帰結にすぎぬという『草稿』の根本的なテーマの一つを、『資本論』において論理的に構造化し、しかも先に述べた『草稿』の論理的アポリアを「史的唯物論」によってではなく、「価値形態論」によって克服することに成功したのであった。それにも拘らず『資本論』の成就したものは、『草稿』時代のマルクスの包括的な理論体系の一面であったことは否定できない。断っておくが僕はマルクスを単なる人間主義＝自然主義者に限定しようとしているのではない。マルクスのために弁明しておくけれども、彼は「疎外された労働」が市民社会内部で生み出す資本と労働の構造を解明したが、それが人間の類的生活、全体的な本質を疎外するところから生じる種々の幻想的過程について考察する時間的余裕をおそらく持ちえなかったのである。だから僕は初期マルクスの人間学的思想の限界が『資本論』によって超克されたなどというきいた風な考えを、ひまな連中の寝言ぐらいにしか思わない。

その三

『ユダヤ人問題によせて』の中でマルクスは、「民主主義国家」（北アメリカ）では宗教は個人的な問題となるのだから、今や宗教批判は国家という新たな宗教形態の批判にとってかわらねばならないといっている。

政治的国家（民主主義国家）の成員が宗教的であるのは、個人的生活と類的生活とが、すなわち市民社会の生活と政治的生活とが二元的であるためであり、人間が自分の現実的な個体性の彼岸にある国家生活に対して、それが自分の真の生活であるかのようにふるまうがためであり、そこで宗教が市民社会の精神であり、人間と人間との分離と疎隔の表現であるからである。

いいかえれば宗教や芸術は市民社会内部で疎外された人間が「真の生活であるかのようにふるま」おうとするときに生れる。現実的に人間が自己回復しうるのは、市民社会（私人）と政治的国家（公人）との分裂を揚棄したときである。逆にいえば〈人間は現実的に自己回復をなしうるまでは、幻想的に自己回復するほかない〉ということである。したがって対象的な本質存在である人間はその本質諸力を諸対象に応じて疎外するのだから、人間の幻想的な自己回復がきわめて多様な形態をとることは自明であろう。

（その自己回復は）（……）たんに占有する〔Besitzen〕という意味、所有する〔Haben〕という意味でだけとらえられてはならないのである。人間は彼の全面的な本質を、全面的な仕方で、したがって一個の全体的人間〔ein totaler Mensch〕として自分のものとする。　　　　　　　　　　　　　　　　　　　　　　　（『草稿』）

政治的存在としての人間は全体的人間に比して当然卑小である。政治がそれ自身宗教的あるいは芸術的対象とならない限りは。

しかも僕らはその例を見出すのに何の労苦も要さない。例えば主体的なマルクス主義者とされる梅本克己の次の文章は、「政治と文学」論よりはるかに手は込んでいるが、内容は同工異曲である。彼は三島由紀夫の『英霊の声』という小説がいかに芸術的表現であるとしても、政治的効果（反動的効果）を与えることは否定しがたい、という。

しかし人間の言葉というものは不思議なものだ。それは自分のものであって、自分のものではない。それを自分だけのものだと思い、伝達の客観性――これは他者の主観性にも通用するということだが――など意に介せぬなどというところに文学は生れない。だがその客観性は何によって保証されるのか。その言葉が作者の意図せざる眼を一人の読者に与えたとして、その誤解を拒否する権利が、作者の側にどこまであるのか。

（「三島形而上学への疑問」『文藝』昭和四十二年一月号）

確かに三島由紀夫はそんなとんまな一人の読者の誤解を拒否したり意に介する必要は全

然ない。残念ながら梅本は「政治」について根本的に誤った考え方をしているのだ。宗教や芸術が政治的であるのは政治的国家を媒介することによってであり、国家幻想内部においてのみである。

（……）政治的国家の、この自己自身との衝突のなかから、いたるところで社会的真理が展開されうるのです。宗教が人類の理論的諸闘争の内容目録であるように、政治的国家は人類の実践的諸闘争の内容目録なのです。こうして政治的国家は、共同体の一種としての〔sub specie rei publicae〕その形態において、あらゆる社会的闘争、欲求、心理を表現しています。（「ルーゲへの手紙」）

マルクスはこういっているのである。宗教、芸術諸学問は市民社会内部での表出であるが、政治的国家内部ではそれらは政治的形態を付与されざるをえないと。しかし実はいかなる宗教、芸術も政治的なものだというのは、いかなる政治も宗教的芸術的なものだというのと同義であり、それはまちがってはいない。人間のさまざまな幻想的自己回復の形態のうち、国家幻想をマルクスは首位に置いたようである。しかし宗教あるいは芸術を第一義とすることも幻想的に可能なので、そこでは、例えば国家幻想内部ですべてが政治的表現を付与されるように、芸術至上主義はあらゆるものに芸術的表現を付与するであろう。

また宗教内部ではすべてが宗教的形態に翻訳されるであろう、ちょうど観念哲学の内部ですべてが絶対精神の諸契機として解されるように。

したがって次のようにいうことができる。「マルクス主義」という自己了解なき（サルトルもいうように）現実の思想形態は、政治的国家内部でこそ政治的形態を与えられるが、市民社会内部では本質的に宗教である、と。このことは宗教、芸術も政治的機能を果さずにいないなどとまるっきり自明のことを難しげに語っている梅本に対して、次のような反論を許すはずだ。梅本のいう「政治」とは宗教的なものであり、宗教的な機能を果さずにはいない、と。現に梅本自身にとって、マルクス主義は梅本という個体の死の恐怖から解消する宗教でなくて何なのか。

一般に人間の自己回復の欲求は幻想的にしか実現されない、少くとも僕らの短い生涯のことを考えるなら。宗教や芸術の根拠はそこにあり、それゆえ幻想的自己回復一般を斥けることは不可能である。しかるに革命的政治運動だけが、マルクス主義者だけが幻想からめざめ現実変革をなしとげる、と考えるのはそれ自体幻想的である。もしも革命運動が人間を充実させ、死を賭けるようなものであるとすればそれは宗教的であるからであり、生きている間には辛うじて相対的にしか実現されない未来社会の実現よりも、その運動過程において自己回復がなされているからだ。磯田光一はそれを「殉教の美学」として自己の文学的言語にひきよせて語ったが、それには正当な根拠があるので、ただ梅本たちはそれを自己の言語で語ることによって対抗し批判すればよいものを、自分の信仰するものにだけは絶対に批判を許さぬ宗教家の態度をとっただけなのである。

梅本が批判している三島の文学は、それを思想的に受けとったとしても梅本の思想よりははるかに鋭い。三島と林房雄の区別もつけられない者たちのために引用しておく。

三島　僕はどうしても天皇というのを、現状肯定のシンボルにするのはいやなんですよ。

林　そういうものにはなりませんよ。

三島　林さんのおっしゃるようになると、結局天皇というのは現状肯定のシンボルになる。

（「対話・日本人論」）

戦後日本の状況は、国家と市民社会が極度に分離された〈社会的状況〉であった。国家と市民社会の分離が、「超国家主義」の解体としてのポジティヴな意味を担っている間は、それが一つの「喪失」としてとらえられることは、ある世代（「超国家主義」に全存在をかけた世代）を除いてありえなかった。国家と市民社会が明確に分離するのは、資本制生産が市民社会内部で十分に合理的に確立しえたときであるから、戦後二十年の日本はブルジョア的合理主義の確立期であり、日本人は外国人から見るとあたかも〈エコノミカル・アニマル〉（市民社会内存在に対する蔑称）のように存在していた。国際的資本競争から隔離されていたことを除けば、日本のかくの如き国家の抽象化は、一八世紀から一九世紀にかけてのイギリス社会の外に類例を見ないほどである。しかし資本主義的合理化が実現されるということはあるいは民主主義国家が実現されるということは、人間の自己分裂が完成することにほかならない。

「戦後民主主義の虚妄に賭ける」という丸山真男はおそらくこの自己分裂の現実がどれ程深く文学者の表現にくい入っているかについて知らないか、梅本のように政治的有効性においてしか考えようとしないか、のいずれかである。政治学者は「合理化」の度合をプラグマティックに考量していればいいらしいが、人間の今の自己回復について過敏な少数の文学者は端的に分裂を表白する。その一人が三島由紀夫であり、また江藤淳なのである。三島は市民社会（大衆社会）の私的実存にとって民主主義国家が疎遠なものと化し、利己的で非本質的な人間が競争する醜悪な現実に対して、ほとんど原理的といってもいい程わかりやすい反応を示す。つまり国家を市民社会の側にひきもどすこと、国家というかたちで疎外された人間の本質（類的本質）をひきもどすこと、そのためには（国家を揚棄するのではなく）国家を宗教化すること、いいかえれば天皇を神とすることとである。天皇が三島にとって現状否定のシンボルとなるのは、それが転倒されたかたちでの市民社会の揚棄をめざすからであり、林にとって現状肯定のシンボルとなるのは、それが「民主主義」の保守的機能を果すからである。

また江藤淳は国家と市民社会の分離を「喪失」として、つまり人間的本質の喪失として把握し、それが文学的言語の中にいかに表出されているかを指摘してみせる。かつての江藤淳はいわばブルジョア的合理化のイデオローグであり、それを散文化のうちに見ようとする文芸批評家にすぎなかった。その姿勢が実践的であるだけ、彼は市民社会の散文化自体が人間的本質の「喪失」を伴うことに気づいていなかった。だから僕には松原新一の江藤批判は実に下らないとしか思えない。松原の小道徳家的批判にも拘らず、江藤淳の「転向」の意味するものは二つの点で鋭く僕ら自身に関わっている。第一に、先に述べた現状況の変化、第二にその変化を感性的にとらえうるために必然的に江藤がやらねばならなかった何ものかの放棄。すなわち〈行動する批評家〉から〈見る人〉への転換である。江藤淳が〈見る人〉であり、病者としての自己と世界を〈見る人〉であるのに対して、三島は「病者であるとともに医者でなければならぬ」といって積極的に思想を語りはじめる。但し三島の思想は「めざめた夢」(フォイエルバッハ)にすぎない。国家と市民社会の分裂は市民社会内部の分裂の表象なのだから、国家幻想のうちに市民社会を吸収しようとする空想は刹那的にしか実現されないことは先験的に明らかである。いずれにしても三島や江藤の意識に(たとえ転倒されたかたちにせよ)まるで鏡のように現実が映し出されているのに驚かざるをえない。それに反して左翼知識人の意識に映っている危機感は、せいぜい民主主義の危機か戦争の危機でしかない。マルクスをいかにかじっても、彼らは〈見る〉ということができないのだ。

マルクスはヘーゲルを批判して、ヘーゲルにおいては「外在態（疎外態）の揚棄が外在態の確証になってしまう」という。これでヘーゲル批判が済んだと思いこんだマルクス主義者は、おそらくこの意味を「現実的に外在態を揚棄しなければならぬ」「実践に移らねばならぬ」と解してきた。けれどもこの意味は、むしろヘーゲルでは「疎外の確証が疎外の揚棄として把握されてしまう」という批判なのである。確かに疎外態の確証、その概念的把握は決して現実的な揚棄ではありえない、胃痛が胃痛として認識されても痛みはなくなりはしないように。しかし先ず胃痛を胃痛として「確証」することなくして、現実的な治療がありえようか。いかに治療法を原理的に知っていても、先ず痛みを胃の痛みとして認識することがなくては何の役にも立ちはしない。江藤や三島には少くとも「疎外の確証」がなされており彼らに対する批判者にはそれが欠けている。彼らに対する賛美者にそれが欠けていないかどうかは問うまい。

何よりも先ず「疎外の確証」がなされねばならぬとき、梅本らマルクス主義者はそれを認めることすら反革命的であると思いなす、しかもかのマルクスの名において。救いがたい現実認識の貧困が、いいかげんな倫理的要請の下に被い隠されている図は喜劇的である。彼らはいつの時代にもガリレイを無神論者だとして告発するであろう。彼らはすべての「疎外の確証」を政治的目的の下に隠蔽するが、それは人間存在を政治的存在としてしかとらえないことを意味する。いいかえれば国家ときけばただちにアレルギーをおこす彼らは、人間存在を政治的存在として、すなわち国家本質内の存在としてのみとらえることによって、実は国家本質の擁護となってしまっているのである。この逆説は容易に理解されまい。

結び

僕はマルクスが当時の未熟な資本制社会について透視した諸発見が、どれだけ本質的に現在の僕らの現実をも透視しえているかを指摘してきた。しかし大切なことは、マルクスによる西洋哲学の転倒の意味を根源的に問いなおすことで、再びマルクスの諸発見をかつぎまわることではない。「弁証法の復権」を叫びまわることでもない。西洋哲学の転倒というばあい、僕らはニーチェを想起するのになれている。ニーチェはいつも幻滅の時代にあらわれる。今日ニーチェがある新鮮な感覚を以て僕らの前にあらわれてきているのは、ゆえなしとしない。ただ僕はレーヴィットのようにニーチェがマルクスより深いとは考えないのだ。マルクスがキリスト教のパターンの中にあるから、キリスト教とキリスト教的なもの一切の批判者のニーチェの方が根底的であると考えるのは、まだマルクスの哲学批判の意味がよくわかっていない証拠である。

ニーチェは人間の幻想的自己回復一般を徹底的に批判したが、それを完全に否定してしまったときなおいかに人間は自立しうるかという問いに対して「永劫回帰」の幻想を以て答えるほかなかった。マルクスは幻想的自己回復一般を批判する、しかしそれは現実的自己疎外の帰結にすぎないこと、よって現実的変革なくして人間の自立はありえないが、しかもその変革の実践が再び幻想的過程を媒介せざるをえないことを洞察したのである。マルクスの洞察もニーチェの洞察も、人間が現実に自己回復をなしうる未来に到るまではつねに有効である。マルクスの時代もニーチェの時代も終ることはない、マルクス主義やニーチェ主義がいくら滅びても。だからニーチェがいま「マルクス主義」の幻滅の時代に生き生きとあらわれたとすれば、同時にマルクスもその姿を生き生きとあらわすのである。

『アレクサンドリア・カルテット』の弁証法

＊

「芸術における古典的なものとは、意識的に時代の宇宙論と肩を並べるもののことだ」と、ダレルは書いている。また『アレクサンドリア・カルテット』の方法は次のように説明されている。

近代の文学には三単一（三一致）の法則のようなものがない。そこで僕は科学の助けをかりて、相対性原理にもとづく四重奏小説形式を完成しようとしている。

空間の三面と時間の一面とが、連続体という料理を作りあげる秘訣である。四つの小説はこの処方にしたがっている。

（『バルタザール』覚え書）

ここで彼は『カルテット』が古典的な作品であるといっているのではない。古典が意識的に実現されるものでないことは自明だからである。おそらく「古典派」としての彼は（「古典派」一般がそうであるように）、近代の小説という無形式の形式に明瞭な形式を付与することによって、形式意識自体から解放されることを願っている。小説形式は全く自由な形式であるために、逆に小説家は形式に固執せざるをえない。なぜなら自由とは形式的な拘束下に成立つ受動的な観念だからであり、小説形式におけるこの逆説はすべて近代精神における自由の逆説とつながっている。それゆえ小説形式のこのジレンマには容易にのりこえがたい普遍性が横たわっている。このジレンマを解こうとするとき、小説家はほとんど常に自己欺瞞に陥るほかはない。ダレルの誤解は、彼の形式がむしろ彼自身によって要請されたものであり、何ら必然的な拘束ではない、という点にある。例えば三一致の法則は（詩の韻律もそうだが）、既成の作品から抽出された法則であるのに対して、「相対性原理」は文学形式外から持ちこまれたものでしかない。しかし文学は文学形式において「宇宙論」を表現していくので、外在的な宇宙論の介入する余地はないのだ。二〇世紀の「古典的な作品」はすでに無意識のうちに現代の宇宙論を表出しているはずである。すなわちダレルは「相対性原理」なる現代の宇宙論を形式として要請することによって、決して形式からの自由を獲得したことになっていない。このことはダレルに別種の形式的努力を要求したと思われる。その際「相対性原理」は『カルテット』の単なる外枠としての役割しか果していない。いいかえれば『カルテット』が「古典派」の作品であるとしても、それは三一致の法則に代わって相対性原理に基づく法則を用いているからではない。いま仮に「古典派」なる概念にこだわるとすれば、さしあたりヴァレリーの次の定義が最も相応しいというべきである。

> あらゆる古典主義は先立つ浪曼主義を前提とする。（……）古典主義の本質は後から来ることです。秩序は、秩序が来て整頓する或る無秩序を前提とします。構成とは人工であり、これは直観と自然的発展との或る原始的渾沌に続いて到るものです。純粋は言語に対する無限の操作の結果で、形式の配慮は、表現手段の熟慮された再組織にほかなりませぬ。
>
> （……）古典派は、人間と芸術との明晰にして理性的な概念に従って、《自然的な》所産を修正するところの、意志的にして反省された行為を包含するものであります。
>
> （「ボードレールの位置」）

このヴァレリーの定義を一九世紀ロマン派に限定するのはまちがっている。『カルテット』を古典派の作品とした場合、「先立つ浪曼主義」は何であり、「直観と自然的発展との或る原始的渾沌」あるいは「《自然的な》所産」は何を意味しているのか。それはいうまでもなくジョイス、プルースト、ジッド、ミラー、そして若き日のダレル自身をも含む二〇世紀初期の実験的な小説の一群を指している。『カルテット』における過度の主知性は、構成的整備への偏執を説明するものは、それがジョイスやミラーの「自然的所産」(たとえどれだけ意識的に実現されたものであれ)、「原始的渾沌」の「意志的にして反省された」修正であり、「熟慮された再組織」であるということにほかならない。そこで『カルテット』を才人的な人工的作品と見なすことはあまり意味がない。私たちはジョイスやプルーストに対してとるような態度で『カルテット』に向うことはできないのである。『カルテット』はそれ自体で批評的な作品である。しかしこの「批評」の意味は、ジョイスの作品が一九世紀的方法への批評であるというような意味においてであるのではない。この「批評」は破壊ではなく「再組織」という点にある。

つまり『カルテット』における批評性は、「意志的にして反省された」保存のうちにある。私の読んだ限りでは、この小説には新しい文体も新しい実験も、そして新しい思想すらもない。『カルテット』の中には、二〇世紀の実験小説の破壊的な試み(のみならずそれ以前の小説と物語のすべて)が、煮込みのように保存されているのだ。だからその点ではジョイスのような「形式」創造への努力は全くうかがえない。ダレルにおける「形式」意識とジョイスのそれとは範疇が違うのである。ダレルに新しいものがあるとすれば、それは彼の総合的な意図、自己自身を含めた二〇世紀文学の集大成、保存自体が批評である、ような「形式」の創造にある。この新しさは、したがって、模倣不可能であり、影響力を持ちようがない、ちょうどエリオットの『四つのカルテット』が『荒地』に比べてそうであるように。

『カルテット』と『四つのカルテット』、この二つの比較は決して偶然ではない。『現代詩への鍵』というダレルの評論から、『カルテット』における彼の意図が『四つのカルテット』に類比さるべき性質のものであることを容易に推定しうるからである。ただしダレルの困難も独創も、専ら彼が詩形式ではなく小説形式、このジレンマに充ち現代精神の象徴的な形式ともいうべき小説形式をとった所に発している。そしておそらくこのことはダレルを散文的な言語表現一般のアポリアに直面させたはずである。

『現代詩への鍵』の中で、ダレルは詩の歴史のうちに時代の時間的空間的本質の歴史の啓示を読みとる視座を確立していた。テニスンから『荒地』へ、『荒地』から『四つのカルテット』への過程に彼が見出すのは、「主観性（時間性）のカーヴと客観性（空間性）のカーヴ」が融和統一される過程である。そこで「現代文学は無意識のうちに時空連続体を実現している」と彼はいう。相対性原理はこの「時空連続体」の比喩的な概念であり、それ以上のものではない。『カルテット』において彼が意識的に実現しようとする「時空連続体」は、すでにエリオットの詩に無意識のうちに実現されている。すると問題はかかってダレルのとる散文的言語の問題に集約されるようにみえるが、その前に注目すべきことは、『現代詩への鍵』におけるダレルがすでにほとんど終末的な観念に立って過去を回顧しているということである。過去は彼の言葉を以ていえば「肯定的＝否定的態度」を以て観想されている。このとき彼は過去性としての全体を直観しうる視座を得たのである。この観想的な回顧的な性格はそのまま『カルテット』の構造をも決定している、といってさしつかえない。彼の一種の終末観は次のような芸術論に示されている。

現代の詩はモラリスティックな意味合いを深く帯びている。芸術家はその眼を芸術から転じ新たな役割を究めようとしている――聖者の役割を。

芸術家は新しい種類の人間になりつつある――見者に。

これが『現代詩への鍵』の結論であり、「書くことの目的は、人を成熟させついに芸術そのものをこえさせることである」という『カルテット』のテーマに通じている。要するに、これは一種の「芸術の死」の告知以外の何ものだろうか。無論芸術は死んではいないし、芸術家は新しい種類の人間になりつつあるわけでもない。ダレルの見解は、ヘーゲルの絶対知に芸術が止揚されたのが虚偽でしかないように、それ自体では独断にすぎない。

しかしここには芸術の自己否定という現代的な問題がある。すなわち二〇世紀の文学は多かれ少かれ自己自身の否定を内包しているのであって、『カルテット』はその極端な形式にすぎない。芸術の自己否定はそのことによって芸術の自己維持となる。この間の事情についてオルテガ・イ・ガセットは、「芸術がその魔術的な力を美しく示すのは、その自己嘲笑の場合以上には考えられないのである。芸術は自己自身を否定するこの身振りによって自己を保存し、すばらしい弁証法の力によって芸術の自己否定は自己維持となり、芸術の勝利となるからである」といっている。『カルテット』はしたがって「芸術の死」を「芸術の勝利」にかえるアイロニーの完成された表現である、といってよい。しかし「芸術の死」をみるダレルの観点は、彼の透徹した回顧性によって与えられたものである。この回顧性が彼に詩の歴史あるいは近代精神の歴史を「全体的」に「肯定的＝否定的」に鳥瞰しうる視座、すなわち批評的な視座を確保したのである。後向きになったダレルの眼に「全体性」は明確に把握されるように見える、ただしそれを表現することは全く別種の困難を彼に課さずにはいなかった。

＊

そこで問題は先に述べた表現上のアポリア[註1]に移される。それは一般的にいえば、分析的な言語によって「全体性」をいかに表現しうるか、という問いと重なりあう。詩においてこのような困難はない、というのも詩（メタファー）自体がこのアポリアをのりこえるべきものだからである。散文家としてのダレルの当面した困難は、散文的言語によって「全体性」を表現することの先験的な不能性であったにちがいない。いかなる「全体小説」作家よりも彼はこのことを自覚していた。彼の構成的独創、つまり「弁証法的叙述」ともいうべき構成をよびよせたのは、多分この事情であった。（誤解を避けるために断っておくが、私の考えでは弁証法は存在の中にあるのでもなければ、フィードバック的な対象認識の方法でもない、それは〈創成〉の叙述形式にほかならない。ランガーがいうように、言語はもともとメタファーであった、いいかえれば言語は〈創成〉であった。象徴派詩人の試みは、言語をはじめてそれが発せられたときのように発することであった。ニーチェの執拗な主張によれば、すべての認識論はこの言語の〈創成〉をあたかも最初から道具として存在していたかのように考える「遠近法」的錯覚を犯している。それだからこそヴァレリーに至っては、「哲学は……その解決がかかってそれを書く書き方にあるような五、六の問題に帰着してしまう」というのだ）。

『現代詩への鍵』の中でダレルは次のように書いている。

これは根源的には弁証法的な問題である——言葉ではいい表すことのできない状態を

いかにして伝えるか。ひとたび名辞によって特徴づけられればもはやそれ自体ではなくなるようなリアリティをどう名づけるか。対立物にもとづく言語において対立物をこえる何ものかをいかにして述べるか。

象徴派詩人の直面したのはこのような「弁証法的な問題」であったが、これは「いいがたいことをいおうとする努力」と交叉している。つまりメタファーとは凝縮された弁証法である。あるいはこういってよければ、弁証法はひきのばされたメタファーである。詩人としてではなく小説家として「全体性」を表現すべくダレルのとった方法は、いうまでもなく弁証法であった。

それはまず「視点」の処理において特徴的にあらわれている。視点とはダレルの言葉でいえば「主観―客観」関係の謂であって、哲学的には認識論の問題となる。サルトルの「フランソワ・モーリアック氏と自由」という論文が示すように、今世紀に至って「視点」がほとんど偏執的に重視されるに至ったことは、したがって認識論上の危機と鋭く対応している。「視点」の問題を技術的な瑣事として片付けることができないのは、それが小説形式を通して近代精神の形式の問題につながっているからである。近世小説が『ロビンソン・クルーソー』からはじまるということには象徴的な意味がある。それは一種の唯我論的な主観―客観関係の定立からはじまったことを意味する。この唯我論的世界は、現実の市民社会の孤立し分散化した人間の自己表象にほかならないから、観念内部での唯我論批判は決して現実の唯我論を止揚しない。現象学的方法がついに「他我はいかに可能か」という問題を解けないのは、人間の現実の孤立を観念内部で止揚しなければならなかったためである。小説形式はまだ『ロビンソン・クルーソー』の地平上にあり、サルトルのモーリアック批判は唯我論への反省はあったが決して「視点」の問題を解決したことになってはいない。ダレルの「視点」処理は、私の考えうる限りでは、唯一のそして模倣不可能のものである。

主観客観の関係は相対性にとってたいへん重要なものとなっているので、僕はこの小説に主観的様相と客観的様相とをくぐりぬけさせようとしてみた。第三作『マウントオリーヴ』はまともな自然主義的な小説であり、そこでは『ジュスティーヌ』（第一作）と『バルタザール』（第二作）の語り手はひとつの客体となる。つまりひとりの登場人物になる。（『バルタザール』覚え書）

これは先述した「主観性―客観性のカーヴ」を考慮にいれておくとわかりやすいと思う。つまり『現代詩への鍵』で示された全体的な回顧が、「視点」（主観―客観関係）の質的な発展によって実現されているのである。あるいはここに小説史そのものの再現を見出すことも可能であろう。孤島で黙々と『ジュスティーヌ』を書き、やがて『クレア』の後にヨーロッパへ帰るダーリーをロビンソン・クルーソーになぞらえるなら。小説の世界は根源的にロビンソン・クルーソーの世界である、といってさしつかえない。ただ今日のロビンソンはデフォーのそれのように自足せず、帰ることを必死に希求しながら帰れないでいるだけのことである。今日の小説が小説否定を内在せずにいないのはそのためであり、また小説否定が小説を否定するのではなく小説維持となるわけもそこにある。『カルテット』といえども例外ではない。ただ『カルテット』ではこのことが極限的に自覚されて実現されていることが他の小説と異なるのだ。

『カルテット』はこのように「視点」の質的発展によって構成されている。ヘーゲルの『精神現象学』をもじっていえば、『ジュスティーヌ』、『バルタザール』、『マウントオリーヴ』、『クレア』は、悟性、自己意識、理性、精神に各々対応しているといえる。またヘーゲルは『精神現象学』を「意識の経験の学」と呼んでいるが、『カルテット』の構成は、主人公である作家ダーリーの「意識の経験の学」といえるはずである。『ジュスティーヌ』の話者ダーリーとは、自分が真であると思いこんでいる知であり、すなわち自然的意識である。ハイデガーは「ヘーゲルの経験概念」の中でこういっている。

精神の現象学が意識の経験であるとしてそれは何であるのか。それは自らを全うする懐疑主義である。経験とは自然的意識と絶対知との間の対話である。自然的意識とは、そのつどその時代に歴史的に現存する諸精神のことである。

自然的意識はそのつど未だ真ならざる意識であり、それをそれの真理性の中へ引き立ててゆく強力によって圧迫される意識である。（傍点筆者）

『ジュスティーヌ』の中で話者ダーリーは最初から「事実は相対的なのだ」と語るが、それはまだ単なる抽象的な懐疑にすぎない。自然的意識はこれが真実だと思いこむその都度否定に出会わねばならないし、自らにとっての他者がなくなるまで遍歴を続けねばならぬ「圧迫される意識」である（後に述べるように、この場合圧迫する「強力」ないし「絶対知」は作家パースウォーデンを意味している）。

『ジュスティーヌ』は極めて主観的な世界であり、『バルタザール』においてはじめて私たちはダーリーの自己相対化あるいは「自己意識」に出会う。『ジュスティーヌ』は全く具体的な他者を欠いている。ダーリーの周囲に群がる人物たちは彼にとって他者ではない。彼の自意識に映った彼自身の主観的産物でしかない。『ジュスティーヌ』の美しい叙景や抒情の中に何かいやらしいものがあるとすれば、それはダーリーの自己幻影が臆面もなく露出されているからだ（これは『カルテット』全体との関係においてのみいわれるべきことであり、『ジュスティーヌ』はそれ自身では独立した作品である）。そこで『ジュスティーヌ』の文体は緊張をうしない、停滞的で自慰的なものとなる。『ジュスティーヌ』の文章はまるでもののように過度に装飾され愛撫されている。しかしこの文体は逆に『ジュスティーヌ』の世界を象徴するものであり、意図されたものである。

バルタザールは『ジュスティーヌ』の世界を否定すべく島にやってくる。「君のいう病気というやつについていえばだな……そいつは過度の自己れんびんから生じたものだ、と考えたことがあるかね」（『バルタザール』）。ダーリーは自己の体験を再構築すべく書きはじめる。「真実の核心に到達するためには、僕自身の経験を造りなおさねばならないのか？」（『バルタザール』）。バルタザールといえども結局ダーリーと同様主観的人物にすぎないのだが、しかし『バルタザール』では『ジュスティーヌ』のような悲しき抒情は次第に影をひそめ、主観的色彩は軽減されている、そのため『バルタザール』ではほとんどバルタザールからの聞き書きか註釈のかたちで書かれている。ここから『マウントオリーヴ』の自然主義的手法への移行はたやすい。けれども『マウントオリーヴ』の視点は、決してサルトルがモーリアックについていったような神的視点なのではない。それは実は主観性を否定し、完全に自己を客観視しようとするダーリーの「理性」にほかならない。もしも『マウントオリーヴ』が他の三作とは別個に「神的視点」をもつなら、『クレア』という終章は無意味なつけ足しであり、『マウントオリーヴ』のみが絶対化されてしまうだろう。『マウントオリーヴ』は『バルタザール』以後さらに情報を得、自己客観化をおしすすめたはずの作家ダーリーが自己を客体化する「理性」の視点で書いたものと見なければ、奇妙なむしろ唐突な一章としか考えられないのだ。もしそう考えてしまえば『マウントオリーヴ』が一つの相対的な解釈にすぎないこと、また『マウントオリーヴ』を契機としてダーリーの『クレア』への成熟がありうることを了解することはできまい。少なくとも『カルテット』をダーリーという作家の「意識の経験」として把えるなら、『ジュスティーヌ』、『バルタザール』、『マウントオリーヴ』は空間的であり、『クレア』は時間的である、というような物理学的類推の見当ちがいであることは明白となろう。

　丸谷才一は「通夜へゆく道」（「世界文学」6、一九六七年）の中で、『若き芸術家の肖像』においてジョイスが文体の発展によって個人の意識の発展を描いた、すなわちスティーヴン・ディーダラスの成長に応じて文体が変化していくことを指摘している。実をいえばこのことは『カルテット』においてははるかに顕著に示されているのだ。視点の質的発展とそれに照応する文体の変化。しかし丸谷が同時に『若き芸術家の肖像』が教養小説であるのみならず、全体小説であり、「ジョイスにとっての多様な文体とは全体小説のための手法だったのである」というとき、私はそれはジョイスについてではなくダレルについてのみいわれるべきことだと考える。多様な文体が「全体小説」を保証するだろうか。この考えは一般に「全体小説」なるものの曖昧な理解の仕方から発しているように思われる。例えばサルトルの『自由への道』の全体小説的試みの挫折の理由について、竹内芳郎は次のようにいっている。

《自由への道》第二部における全体小説の挫折は、全体がすでに与えられていながら、しかもまだそれが与えられていないかのように個人意識から出発する作者の自己欺瞞、あるいは逆に言って、個人意識が幾つも重層されればそれでもう全体に至り得るとした作者自身の自己欺瞞——これは氏も語っている〈行動的人間〉から〈政治的人間〉に直線的に至り得ると考えた自己欺瞞と相重なる——による、と言うべきではなかろうか。

(『サルトルとマルクス主義』)

同じことは文体の重層に「全体小説」を見出すやり方についていえる。もともと私は「全体小説」の意図に特別な関心があるわけではない。が、もし「全体小説」なるものがありうるとすれば、視点(主体)と視点そのものを包括する現実総体との相関的な関係全体の表現しかないことは、理論的に自明であると考えざるをえない。後述するように『カルテット』は決してサガの一種でもなければ、ダレルが暗示しているようなn次元小説の短縮版でもない。そのような試みはサルトルの犯したのと同じ誤り、「全体性」を表現するかわりに「悪無限」にはまりこむ誤りを犯すことになり、それを自覚しないのは「自己欺瞞」にすぎない。「全体小説」は主観―客観関係の総体を表現することでなければならないはずだ。客観世界（および対象化された内面世界）を全体的に表現することは、無限次元の小説を要し、しかもなお不充分であるだろう。それは「書く主体」が全体から疎外されたままだからだ。しかし主観―客観関係の相関的変化がとりうる質的形態はぎりぎりのところで『カルテット』をこえることはないのである。「もし四部作のなかに軸がしっかりと据えつけられているなら、連続体の厳密性と適合さを失うことなく、いかなる方向にも放射することができる」などというダレルは、その根拠を「相対性原理」に求める限りでは正しくないし、その必要もない。要するに私たちはダレルの解説よりも実現された『カルテット』の方を見てゆくより仕方がない。

『カルテット』では作家ダーリーの「書く」という行為を除いて、あたかも行為というものは存在しないかのようである。ダーリーが書きはじめるとき、すべては終了している。新たなことは何一つ起らない。起るように見えても、それは過去への解釈が変わるだけである。「書く」という行為を通してダーリーが変わり、同時に世界が変わるということにすぎない。「書く」という行為のほかにダーリーは何もしていないし、現実はまさに彼が孤島で過去を再構成しようとした時に停止し、彼は全く後向きになる。この観想的な回顧性は『現代詩への鍵』と同一の意味をもつものであるが、それは「全体性」とは過去性であり、それゆえ主体が一切の主観性と能動性を剝落し、換言すれば全く後を向くことによってのみあらわになるということである。このことをサルトルがプルーストやフォークナーについてなしたように倫理的に批判しても仕方がない。なぜなら一般に文学者は「未来に後退りして進んで行く」（ヴァレリー）ものであって、そこに過去性を未来性へ転化する弁証法を見るのでなければ、文学者の「栄光」は存在しないことになる。未来性への断念が一層大きな未来性へと転化されるモメントのほかに、作家の「参加」がありうるわけがないのだ。

むしろ『カルテット』ではすべてが終っており作家ダーリーの「書く」こと以外の行為がありえないために、逆に「書く」ことの意味が純粋に問われているといえる。つまりダレルは「書く」という行為を単に主観が客観を表現するというように考えていない。ダーリーにおいては世界の対象化は同時に自己対象化であって、固定的な主観―客観関係の分離はないのである。小説の主体が後を向いた作家であるために、彼にとって自己対象化（外化）は対象世界の創出を同時に意味することになる。世界は彼から外在的に存在しているのではない。このため『カルテット』は作家の成熟を描いた「教養小説」であるのみならず、「全体小説」となる。逆にいえば「全体小説」は同時に「教養小説」（芸術家としての）でなければならないはずである。さもなければ「悪無限」をまぬがれないのである。

ダレルは『カルテット』の方法をほぼ二重に述べている。その一つは「ぼくにとってもっとも必要なことは、自分の経験をはじめから順序だてて記録することではない――それは歴史の仕事だ――経験がぼくにとって意味をもちはじめた順に記録していくことだ」(『ジュスティーヌ』)であって、これは一種の現象学的な方法であるといってもよい。もう一つは「書くことの目的は人を成熟させついに芸術そのものをこえさせることである」というモチーフであり、これらは絡まりあっている。ゆえにダーリーにとって「書く」という行為は、自己外化あるいは対象界の創造であって、それはヘーゲル流にいえば自己自身にかえってくることによって自己の本質を変えることになる。したがって『カルテット』の視点は質的に発展し、しかもその発展はドス・パソスやサルトル、その他の「全体小説」家のように恣意的に視点を選んだためではなく、「書く」という行為の必然的な結果である。「書くことだけが作家を成長させる」(『バルタザール』)。

しかし私たちは、「書く」ということの意味を問うことにどんな普遍性があるのか、という素朴だが強固な反措定を試みることができないわけではない。だがプルーストやダレルは書くことが生きることであり、生きる意味を問うことが書く意味を問うことにほかならないような世界に追いこまれているのであって、彼らが「書く」ことの意味を問うことのうちには人間の生一般の意味が転倒的に凝縮されているのだということを知っておく必要がある。ダレルのプルーストへの批判、一般に芸術至上主義への批判はこのような地平においてのみ成立つのである。「芸術をこえる」というダレルの意志は、芸術至上主義の倒錯が現実の生一般の倒錯（自己疎外）に根ざしていることを考慮にいれなければ、単なる外在的な否定でしかない。例えばロラン・バルトが「作家にとっては、書くという動詞は自動詞なのである」というとき、それは作家が何かを書くというよりむしろ書くべく強制されているといった感じを表現している。それを「対象性」（受苦性）と呼んでもよい。「不幸な意識」であったダーリーがこの「対象性」を揚棄したとき、彼にとって「書く」ことの衝迫がやみ「芸術をこえる」ことができ、『カルテット』も完結するわけである。『現代詩への鍵』の中でダレルは「ノン・アタッチメント」（非対象性）が人間の真のあり方であり、全宗教の根底であると考えていた。そこにダレルが親しんでいたらしい東洋的な神秘主義の影響を見ることもできるが、私はこういったいかにも西洋人らしい関心に興味をもたない。実際には彼はそのようなあれこれの神秘思想のうちに、「書く」ことが自己目的であり自動詞であるというような「対象性」の揚棄の比喩を見出しているだけである。「芸術家はその眼を芸術から転じ新たな役割を究めようとしている――聖者の役割を」(註2)。

「対象性」の揚棄、すなわち『カルテット』の大団円は次のようにして訪れる。

そう、ある日、僕は、震える指で四つの言葉を（四つの文字！　四つの顔！）書き記していることに気がついたのだ。世界がはじまって以来、あらゆる物語作者は、この言葉をもって、聴衆の注意を惹くために、己れの数ならぬ存在を賭けてきた。それは、成年に達した芸術家という、昔ながらの物語を予告しているにすぎぬ言葉だ。僕は書いた。「昔、ある時（Once upon a time）……」

全宇宙が、親しげに、僕をこづいたような気がした。（『クレア』）

これを「ヘラルディック・ユニヴァース」（ミラーへの書簡）と呼んでよいし、「笑いと、永遠に希望を失った者のすさまじいロマンス」（「とんまな兄弟と僕の対話」『クレア』）と呼んでもよい。だがこの成熟はダーリーという意識の到達した「絶対知」であり、小説を否定する小説、芸術によって芸術をこえる、という矛盾を原動力として展開された『カルテット』の必然的な終末にほかならないのである。必然的というわけは、もともと書き出す前から決まっていたからである。したがって『カルテット』には純粋な「はじまり」というものはないのだ。はじまりらしき身振りをするだけで、『ジュスティーヌ』のダーリーはむしろ『クレア』によって媒介されたものである。「始元的なものは媒介されたものである」（ヘーゲル）。しかしこの〈身振り〉はたとえば推理小説が結末を隠して無知をよそおって出発するのとは明らかに異なっている。私たちは『カルテット』の構成の中にわざとらしさ、見えすいた韜晦を見出さないわけではない。けれどもこれは『カルテット』の論理的な骨組みからきたものなので、仮に「全体がすでに与えられていながら、しかもまだそれが与えられていないかのように個人意識から出発する」としても、決して「自己欺瞞」ではなく、またそれが「自己欺瞞」でない唯一の方法である。いいかえればこれは弁証法的な表現なのである。

『カルテット』というこの円環的な小説はジョイスの『若き芸術家の肖像』と比較してみたときよりよく理解されると思う。つまり『若き芸術家の肖像』は芸術家としての成熟（芸術をこえるのではない）で終り、次の言葉、"Once upon a time" ではじまっているからである。こういう指摘は別にこじつけ以上のものではないが、ダレルがジョイスやプルーストを継承すべくかつ克服すべき対象として見なしていたことは明白なのである。その継承的な面から見れば、ダレルはアレクサンドリアを『ユリシーズ』や『荒地』のようにヨーロッパの原初的な土地として選び、さまざまな文化的、神話的イメージを喚起しようとしている。また彼は「みなの衆、聞き給わずや、愛と死のこの美しき物語を」（『トリスタン・イズー物語』）と語りかける中世の物語り手のように、さまざまなロマンスを回復しようとしている。あるいはこういってよければ、ダレルにとって「全体性」とは「ホーマー以来のヨーロッパ文学とその中にある自分の国の文学全体が同時に存在し、同時的な秩序をつくっている」（エリオット）その同時的に現存する文学（言語）総体であったのだ。

しかし他方否定的側面はさらに著しく『カルテット』を決定づけているのである。

文明は自己を意識するにしたがって死に絶えていく。文明は認識する、勇気を失う、無意識的な動機という推進力はもはや存在しなくなる、というわけだ。文明は死物狂いで鏡に映る自分を模倣しはじめる。なんの役にも立たない。だが、これにはきっと何かの罠があるのではないのか？　そうだ、時間が罠なんだ！　空間は具体的な観念だが、時間は抽象的なものだ。プルーストの偉大な詩の傷痕のなかに、それがはっきりと見てとれる。彼の作品は、時間意識の偉大なアカデミーなのだ。しかし、彼は時間の意味を動員することを好まなかったために、記憶に、希望の祖先に、すがらざるを得なかったのだ！

ああ！　だが、彼はユダヤ人なるが故に、希望を抱いていた——そして、希望とともに、干渉したいという抑えがたい欲望が生じるものだ。ところが、俺たちケルト人は絶望とつれ添っている。そこから生じるのは、笑いと、永遠に希望を失った者のすさまじいロマンスだけだ。俺たちは達しがたいものを追い求める。俺たちには終りなき探求があるのみだ。

（『クレア』）

ダレルの思想は『現代詩への鍵』が示すように主観性（時間性）の揚棄を求めているので、彼の眼から見るとき、プルーストやジョイス、ウルフらは主観性の鏡の中で、あるいは時間意識の中で悪あがきしているように見える。彼らの作品はダレルの観点から見れば、どれだけ意識的なものであっても、「自然的な所産」「原始的渾沌」であり、また「自然的意識」にすぎないのである。もっとも『カルテット』が批評的であるという真の意味は、こういう台詞がいたる所にばらまかれているからでは毛頭なく、先述したようにその構成の中に存している。場合によっては以上の台詞はなくてもよい（ただしこういう言辞を吐くパースウォーデンなる人物については後に言及する）。

これらの肯定的＝否定的両面は『カルテット』ではどう関係しているだろうか。それを一言でいえば、『カルテット』では主観性を揚棄する形式そのものによって主観性（ロマンティシズム）が解放されているのである。つまりそこではジョイス、プルーストに代表される主観性の文学は、そのまま『ジュスティーヌ』という主観性として肯定的に保存されており、かつ『カルテット』全体との関係において批評される、というふうに構成されている。『ジュスティーヌ』は一個の独立した作品であるが、全体をくぐってきた者にとってその世界は病的な主観性の幻影でしかなくなるであろう。『カルテット』のロマネスクはこうした批評的構成によって逆に奔放に開花させられることができたのだ。ダレルの真意がいずれにあるか――批評性にあるか、ロマネスクにあるか――を問うことにはほとんど意味がない。それらは逆立的に相関するものだからである。すなわち批評意識の極北において（批評意識の無化においてではない）、ロマネスクははじめて自立的に姿をあらわすのである。『カルテット』の独創は、小説のもつ背反的な構造（批評性とロマネスク）を中途半端な危ういバランスにおいて成立させるのではなしに、両者を逆立するものとして極化せしめることによって両者をともに生かしめたところにある。これまで恥ずかしげに書かれていたロマネスクは今や臆面もなくあらわれ、またこれまで遠慮がちに示されていた批評性は公然とあらわれる。[註3] 以下私はこれらの両面を各々検討してみたいと思う。

＊

真実とは何か、という問いで『カルテット』ははじまり、その問い自体のやむことで終る。おそらく『カルテット』ほどこの問いとそのアフォリスティックな答えとに充ちた小説はあるまい。「真実」についてのアフォリズムを拾い集めれば一冊のパンフレットができるほどである。しかし注意すべきことには、アレクサンドリアの風景が巻によって変化するように、これらのアフォリズムのトーンはしばしば類似しているが質的に同じものではない。先ず『ジュスティーヌ』ではこんな風に書かれている。

いったい、あの男（パースウォーデン）についてどれだけのことをぼくは知っているというのだ。もともと他人の性格などはその一面しか知り得ないものだ。ぼくらはすべての人にプリズムのそれぞれの別な面を見せている。

こういった白々しい抽象的な反省に私たちは驚かない。実際『ジュスティーヌ』の世界は、『カルテット』全体から見るとき決してそのように謙虚なものでないからである。それは経験論者の認識論的厳密さが形而上学を退けながら、つねに自ら形而上学に変じてしまうのと同様である。「全体小説」はこの観点から見ればプリズムの合成のようにみえてくる。しかし『カルテット』自身も決してその点では成功していないのだ。『ジュスティーヌ』や『ジュスティーヌ』と同一線上にある文学に欠けているのは、真の意味での経験であり、あるいは具体的な他者である。それでは『カルテット』における経験あるいは具体的他者とはどのようなものなのか。終章『クレア』でのダーリーの次の言葉を見てみよう。

「いかにその道を行くのが辛くとも、人はついには真実と和解せざるを得ない」とパースウォーデンがどこかに書いている。その通り。しかし、思いがけなくも、僕は真実が滋養になることを発見しかけていたのである——それは、つねに、少しずつ人を自己実現のほうに押し進める、冷たい波のしぶきなのだ。

今まで螺旋状に進んできたダーリーの「真実」探求はここに「和解」を以て終る。ところでこの「和解」は実はパースウォーデンとの和解以外のものではない。また「真実」探求とは実はパースウォーデンの生と死の「真実」の探求にほかならなかったのである。ダーリーは何も抽象的に「真実」を追求していたのではなく、パースウォーデンの「真実」を追求していたのである。くりかえしていおう。『カルテット』における最大の謎はパースウォーデンという作家の自殺の原因である。『カルテット』全体を読み終えてもパースウォーデンの自殺の真相だけはついに判然としない。『マウントオリーヴ』という章も『クレア』という章も最終的な結論たりえない。このことに比べると他の人物群のプリズム的変貌などは色褪せてしまう、ジュスティーヌという女にしても四巻を通じて質的に変貌しているようには見えない、それがダレルの筆致の不足によるかどうかは別としても。もし作家パースウォーデンの自殺という謎がなければ、『カルテット』にあらわれる人物群像は単にダレルの技巧的な配分でしかなくなるだろう。しかも余りうまくない配分に、というのは私たちはもっと巧みなどんでん返しの例をいくらでも推理小説に見出せるからだ。だが『カルテット』の主眼点はそこにはない。

ではパースウォーデンとは何者か。「真実は伝えうるだけであり、述べることはできない、皮肉のみがこういう仕事の武器となるのだ」と嘯く皮肉家パースウォーデンは、その存在自体がアイロニーである。彼は死んで生きている、あるいは生きていながら死んでいる。死んでいるというわけは『カルテット』が始まるとき彼はすでに死んでいるからであり、生きているというわけは『カルテット』全巻を通じてダーリーに働きかけるからである。

死者パースウォーデンは沈黙している。ダーリーは彼を無視しうるし、彼はダーリーが問いかけるときしか例の皮肉な調子で答えてこない。しかしその「沈黙」を無視しえないのは究極的にダーリーが芸術家だからである。彼はパースウォーデンについて様々な解釈を試みる。『ジュスティーヌ』では彼は死後作家としての名声を確立したパースウォーデンに対する嫉妬から彼を卑小化する。パースウォーデンの死の真相について無知であるというだけではない、いうまでもなく彼はパースウォーデンの達した認識についてもまだ理解することができないのである。人は自分がすでに知っている以上のことを理解しない、理解したと思ったとき実は彼自身の顔に出会っているだけなのだ。そしてこの理解はダーリーにとって、『クレア』のパースウォーデンの手帖からの抜き書「とんまな兄弟と僕の対話」のように痛烈な否定を受けとめることによってしかありえない。

パースウォーデンの考えは『現代詩への鍵』におけるダレルの見解とほぼ同じであり、全く同じ文章の引用すらある。といっても私は彼がダーリーと共にダレルの分身であるなどと間抜けたことをいいたいわけではない（厳密にいえばパースウォーデンの考えというものを即自的にとり出すことすら、間違いである。彼のアイロニーは、ソクラテスのアイロニーと同様、直接的な真理表現への無限の否定であるからだ）。「とんまな兄弟と僕の対話」が意味するものは、『カルテット』全体がパースウォーデンとダーリーとの対話にほかならないということなのである。ダーリーの経験とは彼と死せるパースウォーデンとの対話であり、「自然的意識と絶対知との間の対話」（ハイデガー）である。ダーリーはパースウォーデンを無視し軽視しようと苛立ちながら、やがて彼に引き寄せられ和解せずにはいられない。「いかにその道を行くのが辛くとも、人はついには真実と和解せざるを得ない」からである。パースウォーデンは、自己を真であると思いこむその都度ダーリーの前に「否」という他者である。「自然的意識はそのつど未だ真ならざる意識であり、それをそれの真理性の中へ引き立ててゆく強力によって圧迫される意識である」とすれば、その「強力」はパースウォーデンであり、「圧迫される意識」はダーリーである。

だから誤解してはいけない、ダーリーにとって真実探求というような抽象的な目的は存在しなかったのだ。彼を推進していったのは、彼よりも優越せる精神即ち魔術的な強力なので、ここにいかなる教養小説とも異なる要素がある。『カルテット』は単にダーリーの成熟を描いた小説ではない。『カルテット』が円環的である所以もここにある。ダーリーの「自己実現」とは逆にいえばパースウォーデンの「自己実現」にほかならない。『クレア』においてダーリーとパースウォーデンは殆ど重なり合う。その時真の意味でパースウォーデンは死に、ダーリーは生きるのである。今や小説の構成からいってもパースウォーデンの死が必然的であることがわかるだろう。さもなければ私たちは『カルテット』の中にパースウォーデンとダーリーが収拾のつかぬ混乱した姿であらわれてくるのを見なければならなかったはずである。それに似た例はジッドの『贋金づくり』であろう。若林真は「結晶風化作用について」(「世界文学」6、前掲)という論文の中で、ジッドでは批評精神が作品の結実を内部から蝕むという形で作品が成立するといっているが、『カルテット』では先に述べたように批評精神が極限までいきつくことによって、逆に批評精神の悪しき風化作用自体から自由となっている。『カルテット』の批評性は作品の結実を内部から蝕むどころか、かえってそれを可能にしたのである。

パースウォーデンは死んでいなければならなかった、そしてそれが彼の自殺の唯一の理由である。だがその理由は、ダーリーにはわかりようがない。なぜならダーリーとはいうなれば媒介されたパースウォーデンその人だからである。無論読者はパースウォーデンの自殺の真相をあれこれと推測することはできる。政治的板挟みとか盲目の妹との近親相姦の清算とか。どれもこれも率直にいってパースウォーデンほどの作家を死なせる理由にはなりそうもない。しかし実はパースウォーデンの死の真相はまさに『カルテット』の構造そのものの真相なのである。パースウォーデンを肉体的に殺しておかねばならなかった作者は、無論その理由を語りはしない、逆にその死を謎としてさまざまな筋立てを作り上げたのである。『カルテット』を読み終えた後に謎めいた茫洋たる感覚が残るのは、その逆効果である。このいわくいいがたい読後感は、パースウォーデンの死を、ほとんどソクラテスの死の神話に近づかせる。パースウォーデンのアイロニーは、ソクラテスのアイロニーと同様、強いられた死において、その否定性を全うしうるものであるからだ。この点においても、パースウォーデンの死にメタフィジックを見出すことができるはずである。いずれにしてもパースウォーデンの自殺する理由は小説形式以外に求めることができない。全く彼はアイロニカルな存在なのである。またパースウォーデンのアイロニーは『カルテット』のアイロニーでもある。したがって批評的な面からみれば、『カルテット』は『現代詩への鍵』のダレルが自己の思想を語るために選んだアイロニカルな形式であるといってもよい。「己れ自身の裡に一人の批評家を擁し、これを己が仕事に緊密に協力させる作家は古典派である」というヴァレリーの定義に戻れば、『カルテット』のプロットは批評家としての自己を構成的破壊に陥らずに登場させるために生れてきている、といえるだろう。『贋金づくり』との相違はここにある。

けれどもくりかえし述べてきたように、『カルテット』の批評性は、パースウォーデンのような人物を活かしめたところにあるのではない。『ジュスティーヌ』を通して現代の自己憐憫と病的な主観性に沈んだ世界を肯定的=否定的に喚起したところにある。この意味で『ジュスティーヌ』は単なる第一章ではなく、『アレクサンドリア・カルテット』全体に浸透する支配的なムードを形成している。それを一言でいえばルージュモンの所謂〈情熱恋愛〉である（「この書物の中心問題は現代の愛の探究である」『バルタザール』覚え書）。私たちは『カルテット』の中に現代小説では稀にみる『アラビアン・ナイト』擬いのロマネスクを見出すことができる。がそこに回復されたロマネスクは、同時に現代の病的なロマンティシズムにほかならないのである。すなわち『カルテット』で喚起され回復されるヨーロッパの原初的なイメージは同時に現代の精神世界の象徴として喚起されているのだ。

『カルテット』にあらわれる愛の諸形態は、ほぼ次のクレアの言葉に尽きるものである。

でもわたしたちはなにか愛の本質を誤解してしまったのよ。たとえば、あなた（ダーリー）がジュスティーヌに抱いている愛も、ちがう対象にむけたちがう愛ではなくて、メリッサに抱いている愛と同じものなの。それがジュスティーヌという媒体をとおして自分をつくりあげようとしているの。（『ジュスティーヌ』）

「ジュスティーヌという媒体をとおして自分をつくりあげること」、この結晶作用は『カルテット』の登場人物たちのほとんどすべてについていえる。彼らの愛は現実の異性（または同性）への愛ではなく、それらを媒体として結晶させた自己幻影、自己愛にすぎないのである。たとえば、天然痘にかかった醜い自分に直面することを恐れるがゆえに恋人マウントオリーヴから逃避し空想の中にひきこもるレイラ、政治的陰謀における死の恐怖の性的恍惚感を通してのみ互いに結合するネシムとジュスティーヌ、ダーリーを通してアマリルを愛していたクレア、等々枚挙にいとまがない。そして最後にこれら現代のトリスタンとイズーたちは残らず傷つき（肉体的にも）惨めに生き残らざるをえない。終章『クレア』は手を切断した画家クレアをはじめ、肉体的精神的痛苦にみちみちている。しかし破局は彼らにとって自己自身と向いあうときに生ずるのであった。〈情熱恋愛〉、この死と苦悩に憧れる姦淫的な愛は、主観性から脱しようと欲しながら結局主観性の膨張化として終る不毛さの精神形態であり、現実を見まいとする意志であるから。彼らの幻滅が肉体的な痛苦をもって生じてきていることは、無視された現実からの苛酷な復讐を意味している。「認識することは痛むものだ！」（『クレア』）。すべての人物たちを打ちのめしたこの沈痛な「受苦」の中で、ダーリーは穏やかに自己認識に達し、アレクサンドリアを去る。アレクサンドリアといい『ジュスティーヌ』というのも、ただダーリーの自己幻想の鏡であり、主観的内面の外化以外の何ものでもなかったのだからだ。ダレルの「現代の愛の探究」の結論は、パースウォーデンによって示唆されたある客観的な愛〈情熱恋愛〉に対する）の可能性であるといえるだろう。

英国人は二つの偉大な言葉を忘れてしまった。つまり「恋人」よりはるかに偉大な「つれあい」と、「恋」とかさらには「情熱」よりもはるかに偉大な「愛情のこもった親切」とをだ。（『クレア』）

かくて『カルテット』のロマネスクはダレルにとって揚棄さるべき主観性を意味し、そしてそうであるがゆえに肯定的に奔放に解放されているのだ。彼が小説の原型としてのロマネスクを喚起しえたとすれば、それはロマネスクを否定するパリノード的な身振りによってのみであった。ちょうどダーリーとパースウォーデンとの対話を可能にするために後者を死なせておいたように、ロマネスクを再生させるためにダレルはそれを批評的構成によって死なせておいたというべきである。

そのため『カルテット』では徹底した批評意識にもかかわらず、倫理的な緊張感は稀薄である。むしろラブレー的な感じが横溢している。というのは、倫理的な緊張は小説における批評性（客観性）とロマネスク（主観性）の相克によって生じるが、『カルテット』ではそれらは逆立的に両極化され、ともに自立しえているからである。

註1 T・アドルノは哲学の表現におけるアポリアを正確に把握して「哲学とはいい

がたいことをいおうとする努力だ」といっている。そして彼は真理と言語表現のアポリアに対して真に苦闘しそれを解いた者はヘーゲルだけだという。『精神現象学』の弁証法的叙述は「真なるものは決して個々の分析的なテーゼや限定されたポジティヴな表現において理解されぬ」という彼の根本的な意図から発しており、いかなる直観主義も実在主義も言語表現をとる限りヘーゲル的問題をこえることはできない。この点ではベルグソンの哲学的直観といえども、言語表現においてツェノンの逆理をまぬがれることはできない。結局ベルグソンは詩に身を寄せた哲学者であって、概念的な言語表現と格闘した哲学者ではなかった。また『カルテット』を例にとっていえば、それは「真実の相対性」を書こうとしているわけではない。登場人物たちがしばしば悟った風に唱える「事実の相対性」や「真実の主観性」はまだ単に直接的な言表にとどまり抽象的な分別でしかない。小説の展開がやがて明らかにするようにそれは懐疑主義的な臆断として揚棄されてしまう。

註2　くりかえしていっておくが、このことはダーリーについていえてもダレル自身についていえるかどうかはわからない。むしろ私たちは芸術を否定する身振り(、、)によって芸術を勝利させるアイロニーを『カルテット』に見るべきだと思う。『失われし時を求めて』の〈私〉とプルーストを混同することがおかしいようにダーリーとダレルは区別されねばならない。しかしプルーストと異なりまだ生きているダレルが今後

何を書きうるかを見ることはまた別に興味のある問題ではある。

註3　『カルテット』を主知的な作品として非難することができないのはこのためであり、また逆にこのような主知性、批評性を回避してロマネスクをのみ見ようとすることが（無理であるのみならず）誤りであるのもこのためである。ダレルはこれらを矛盾としてではなく逆立的なものとしてとらえたのだ。批評性は批評性として徹底化されねばならず中途半端な妥協は許されない、またそこではじめてロマネスクも自立的になりうるのである。

（付記）
『アレクサンドリア・カルテット』の引用文は高松雄一氏の翻訳（世界新文学双書『アレキサンドリア四部作』、河出書房新社）に拠っています。

「アメリカの息子のノート」のノート

ユダヤ人問題について書かれた二つの両極的な論文がある。個人の実存的選択の次元に分析の基礎をおき「自己欺瞞（モヴェーズ・フォア）」を告発するサルトルの『ユダヤ人』と、類的実存の自己疎外からユダヤ人問題を宗教ではなく国家（法）の問題へと転化したマルクスの『ユダヤ人問題によせて』がそれである。ユダヤ人問題にしろ黒人問題にしろ、宗教や人種の相違にではなく、国家という幻想的共同性の本質に問いをむけなければ解明しえぬ、というのがマルクスの見解である。私がこの二書を「両極的」といったわけは、必ずしもサルトルとマルクスの哲学的差異に関してではなく、次のような理由からである。つまりわれわれが個別的な意志や実践の場に立つばあいと、意志をこえた関係や構造を洞察しようとするばあいとの間には、決定的な位相的断絶がありこれらを連結する論理はない、ということである。それは「実存主義とマルクス主義」や、「実存主義と構造主義」といったことばで語られることのできない断絶である。おそらくここでとりあげるJ・ボールドウィンは、この断絶を自覚しこの断絶を生きている、ということができると思う。

簡潔にいってしまえば、黒人や白人の総体としての「共同性」の自己疎外として黒人問題（したがって白人問題）をとらえようとするボールドウィンが私に感じさせるのは、ユダヤ人でありながらそのことを全く介意していないようにみえるマルクスの「ユダヤ人問題」のとらえかた、共同性としての人間のとらえかた、人間の関係を個人的な恣意をこえた関係としてとらえるそのしかたにうかがわれる一種の非情さである。この非情さがマルクス個人の激情とどうかかわっているのか、という疑問はそのままボールドウィンにふりむけることができる。

ボールドウィンのエッセイを、アメリカ人としては例外的に透徹したものにしているのは、くりかえしていえば、個人的な意志（「憎悪や絶望」）の位相と、意志をこえた関係や構造の位相を明断に区別し、また区別を持続しようとする決意である。そしてこういう決意には必ずなにものかの断念が不可欠なのであって、さしあたりわれわれは「アメリカの息子のノート」というエッセイの中にそれをたどることができると思う。

私は想像ではとらえがたい二つの事実をどうしても打消すことができなかった。ひとつは、自分が殺されていたかもしれないということである。だが、いまひとつは、私に殺人を犯すだけの条件が万事ととのっていたということなのだ。他人の行為によってではなく、自分の胸に抱く憎悪によって、自分の生命が、自分の現実の生命が危険にさらされているという事態を、私はこのときほどはっきり見たことはなかった。

（「アメリカの息子のノート」）

そしてその夏、私と犯罪常習者に堕ちてしまうかもしれない危険性との間に存在していると考えていた倫理的な障壁は、ほとんど存在していないのも同様なほどに薄いものだということがわかった。実際、私が犯罪者にならないというはっきりした理由は何ひとつ見つからなかった。

（「十字架の下で」）

これは「アメリカの息子」、つまりアメリカのニグロ少年がほとんど例外なしに直面するであろう危機についてのノートであるが、ボールドウィンがこういう自己破壊の恐怖をいまなお抱きつづけていることは疑いをいれない。「この国でニグロであること、そして相対的にそれを意識することは、いつも激しい憤りにかられることなのです。だから身の破滅を招かないように、どうして怒りを抑えるかが第一の問題なのです」と、ボールドウインはシンポジウムで語っている。同じシンポジウム（「アメリカ文化とニグロ」）で、ラングストン・ヒューズが、「ボールドウィンさんはときどき自己分析をやって、その反対みたいなことをいっていますが、わたしたちニグロ作家のなかでは一番人種的な一人じゃないかしらと思います」と述べているように、私はボールドウィンが、ライトはおろかリロイ・ジョーンズよりもカーマイケルよりもはるかに急進的（ラディカル）であることを疑わないのである。しかし「アメリカの息子のノート」の示すところでは、彼は父の死を契機にして次のような断念に達する。この断念が彼の転回（ケーレ）を準備したことはいうまでもない。

> 新しい生き方が問題だった。白も黒も問題じゃなかった。それが問題だと信じることは自分自身の破滅を黙認することだ。あれほど多くのものを破壊できる憎しみは、それを抱く者までを破壊せずにはおかないのだ。
>
> （「アメリカの息子のノート」）

このことばは、小説家としてのボールドウィンにとっては次のことばと同義である。

> 私は、アメリカで荒れ狂っている人種問題を乗り越えるだけの力が、自分にはないような気がしたので、アメリカを去った（今でも時々そんな気がするのだ）。私は、単なる一ニグロにならないようにしたかった。あるいは、単なる一ニグロ作家にもならないようにしたかった。自分の特殊な体験が、他人と自分とを区別する原因とならずに、それによって他人と自分とがどのようにしたら結びつけるのか、それを私は知りたかった。
>
> （「アメリカ人であることの意味」）

ボールドウィンの転回（ケーレ）は、「（パリで）一種の神経衰弱にかかり、スイスの高原へ連れられて行った」とき、その「スイスの寒村にて」おこっている。むろんスイスでのボールドウィンの自己認識は、思想の転回（ケーレ）というものがじつに長期の意識されざる準備を必要とするという自明の理を考慮に入れなければ、できすぎた話ということになるかもしれない。しかしこの転回（ケーレ）は、その内容をいま問題にしないとすれば、われわれはニーチェにしろ、ハイデガーにしろ、マルクスにしろ、本質的な思想家（デンカー）の中で必ず生ずるところのものである、といっていいのである。それは、彼らが彼ら自身の事実性をどのようにのりこえてしまうか、そしてのりこえられないか、ということについての自己検証にほかならない。「私は、相反するかと思われる二つの考え方を一生のあいだ持ち続けなければならないだろうと思うようになった」と書くとき、ボールドウィンは、二つの立場の位相的断絶の逆立性（二律背反ではない）について語っているのだ。

第一の考え方は容認だった。あるがままの生活を、そしてあるがままの人間を怨恨なしに容認すること。この考え方に照らせば、不正が日常茶飯事となることは言うまでもない。しかし、だからと言ってこれは自己満足を意味しなかった。なぜなら、第二の考え方がこれに匹敵する力をもっていたからである。すなわち、自分自身の生活の中で諸々の不正を決して容認せず、全力を尽してこれと闘わねばならないという考えである。しかし、この闘争は心の中で始まるのである。今、私は、自分の心を憎悪と絶望から解き放そうとすることにおいて、私の責任を問われていたのである。

（「アメリカの息子のノート」、傍点筆者）

「第一の考え方」とは、個人的な「憎悪や絶望」のしがらみをのりこえて、いいかえれば彼自身の事実性をのりこえて、非情に現実の〈関係〉を透視しようとすることを意味する。しかしそこには文字通りの「容認」に至る自己欺瞞の誘惑がないわけではない。おそらく私の考えでは、このときボールドウィンはラディカリズムの二つの意味を解し、また二つの意味でラディカリストになった、ということができる。たとえば、いま現に不正がありそれに対して闘わねばならないとき、そこから退いて思索する思想家の「責任」は、根底的（ラディカル）に世界をとらえること以外にはない。「実存主義とマルクス主義」やそのたぐいの素人受けする対立や折衷ではなく、現実の運動から退いて『資本論』を博物館に何十年もこもって書きうるか否かに、マルクスの「実存」がかけられていることを理解できない者は、およそ思想を論ずる資格はないのだ。ヨーロッパへ「逃亡」するボールドウィンの心底には、欝勃たる「憎悪や絶望」と、自己をふくめた世界の全体的認識への志向とが分ちがたく渦まいていたのだと、私は思う。

たとえばボールドウィンの論理の特徴を示す次のようなエッセイを見てみよう。

北部と南部は一つの貨幣の表と裏なのである。だから、北部の状態が変るまで、南部の状態は変らないだろう。いや、変るはずがないのだ。アメリカは自らを検討し直し、自由というものの真の意味を発見するまでは、変らないだろう。（……）人間が他人の人間性を否定すれば、必らず自分自身の人間性も少なくなって行くというのは、動かしがたい怖るべき法則である。自分の犠牲者の顔に、人間は自分自身の姿を見るのである。

（「山の手の五番街」）

この文章を、北部→白人、南部→黒人と仮にいいかえてみても、すっかりそのままボールドウィンの主旨に重なる、ということに留意すべきであろう。しかし「一つの貨幣の表と裏」のいずれにも加担しない立場があるとすれば、それはなにか。そのときボールドウィン自身はなに者なのか。こういう問いを、ほとんどボールドウィンのエッセイの、しかも水準の低い受けうりでしかない日本の「アイデンティティ」論者は、自己自身にむけるべきである。なぜならここには、一人の思想家が生れる内在的なぬきさしならぬ経緯と、それを外在的に受けとる「安楽椅子」的な学者との及びがたい落差が横たわっているからである。

ボールドウィンにしろ、マルクスにしろ、絶対的な〈関係〉の洞察の位相と、個人的に不透明な「憎悪や絶望」の位相とを、区別しながらそれを持続するということは、至難のわざである。一方には「アイデンティティ」論者のごとく外在的立場への逃避、他方には「問題を簡単にしてしまえば理解してもらえるだろう」という幻想にとらわれ、問題を単純化しようとする強い誘惑」（ボールドウィン）が、待ちうけているからである。「問題を単純化しようとする強い誘惑」が、マルクス死後のエンゲルスをみまったことを想起しておくことはむだではあるまい。

　ボールドウィンの自己検証の過程は、自己の抑えがたい憎悪、とくに近親憎悪を、根底的に対象化するところにあったといえる（なぜならあらゆる憎悪のうちで、近親憎悪ほど苛烈なものはないからである）。そのばあい、ボールドウィンの教会体験が決定的に重要となってくる。あえていえば、私はライトやエリスンによってとらえられた共産党体験は、ボールドウィンの教会体験ほどには本質的でないと考えている。というのは、そこには直接的な憎悪はとらえられているが、「愛」の仮象をおびた陰湿な近親憎悪の両義的な構造がとらえられていないからである。それは、いいかえれば、現実に存在する人間の粘々と生理的にまといつくような関係を、単に「観念」としてとらえることを意味する。生きた血の通った人間の関係はそんなになまやさしいものであるわけがない。ボールドウィンが教会を、「憎悪と絶望をかくす仮面である」とみたとき、観念的な人間性というものは現実の生活の場ではまったくうらはらで、「単純化しえない」内実をもたざるをえないという、リアリスティックな認識をもったといっていい。彼はニグロ教会や、あらゆる教会にとどまらず、むしろ「キリスト教の本質」そのものを（多分ニーチェを読まずに）、洞察したというべきであろう。つまり若くしてボールドウィンは、ライトやエリスンが幻滅する以前に幻滅し、しかも幻滅に際して喚きたてる以前に人間の関係のリアルな不可避的な形相を受けいれたのであって、早熟な説教師として教会の積極的な加担者であったボールドウィンにとって、ライトやエリスンのような型通りの共産党体験など皮相的なものでしかないのである。「観念」に対する挫折や幻滅は、「観念」の内容からおこるのではなく、もっと初歩的な人間の関係認識の甘さからおこる、ということはたえず心しておいた方がいい。一九三〇年代のアメリカ左翼の「転向」に、マルクスその人を引っぱってくる必要なんかないのだ。観念的にとらえられた人間の関係と、現実の人間の関係とのギャップに「転向」の内因があるならば、そういう転向はむしろ不可欠のものであって、そのことは「観念」のもつ意味を否定しえないのである。「思想の相対性」などと意気がるには及ばない。凡庸な批評家が、ボールドウィンの中にキリスト教のぬぐいがたい影響を発見したりするのは筋違いであって、ほんとうはこういうべきなのである。彼はキリスト教を読みこんだのであり、したがってキリスト教徒である必要すらないのだ、と。

われわれはわれわれの事実性、偶然的でありなんらわれわれの責任にも功績にも属さないところの事実性を揚棄することはできない。それを観念的に揚棄してしまうキリスト教は、実は現実のルサンチマンをそこにこめているのだ、とニーチェはいい、事実性の積極的肯定、「われかくありき、されどわれかくあるを欲したりき」という運命愛にまでつきのぼる。しかしそれはひとつの幻想である。ただわれわれは自己の与えられた事実性の意味を深化するほかないのであって、ボールドウィンの小説は、「自分の特殊な体験」の意味の深化にかかっている。

＊

白人と黒人の関係を、単にひとつの自己意識ともう一つの自己意識との関係としてとらえるならば、われわれはただちにヘーゲルによって普遍化された「主人と奴隷」の関係に遡行することができる。これは、サルトルが人間とは相克存在であり、対自と対自とは「主人と奴隷」を構成するほかなく、そこからのがれるさまざまな試みはすべて挫折する、という『存在と無』に受けつがれているわけであるが、ボールドウィンとともにわれわれが足を洗わなければならないのは、こういうどこにでもあてはまるがゆえに、別にないったことにはならない論理である。『存在と無』におけるサルトルの分析は、共同性を政治的国家に疎外した市民社会の私人、すなわち「欲望の体系」（ヘーゲル）の下にある私人と私人の相克を、意識においてとらえることである。しかしまず第一に、典型的な「市民社会」というものは世界的にみてほとんどわずかであること、とりわけ黒人問題は、サルトルが問題にしたことすらない近親相姦のタブーにまで遡行しなければならない類のものであること、に注意を向けなければなるまい。わが「天皇制」の問題にしたところで、サルトル的論理はせいぜいそれを「自己欺瞞（モヴェーズ・フォア）」といいうるばかりであろう（『弁証法的理性批判』のサルトルにしたって、大してかわりがないのだが、それはここで論じない）。コギトの明証性から出発することは、ひじょうに抽象的な分析をしか保証しないのである。意識と精神（心）との区別からはじめたフロイトの理論的豊饒さは、サルトルの明晰判明なる批判によっても、実は小揺ぎもしないのである。

まずもって人間は「自己意識」ではない。人間を「自己意識」にしてしまうには、われわれの直接性をことごとく抽象してかからねばならない。いいかえると、われわれがその直接性を抽象されてしまっている現実が、人間の関係を自己意識の関係としてとらえることを許すのだ、と考えるべきである。

リチャード・ライトは、ニグロはほとんど常に演技していると指摘しているが、これはニグロが社会での身の置き場を保つために支払う、大きな代価の一部なのだ。ニグロは、相手がニグロ以外の場合、その相手が自分にどんな反応を望んでいるのか、正確に計るしかたを習い覚える。しかも彼は、相手の武装を解くような自然さでそれをやってのけるのだ。

（「ハーレム・ゲットー」）

この種の分析は、どんなに才気にみちたものであっても、オリジナルなものではありえない。

それはサルトル流にいえば、一言に要約できる、いわく「ニグロは対他存在である」と。そして、これはいかに表現されたとしても、サルトルの「キーン」を凌駕することはできまい。逆にいえば、サルトルは「恭しき娼婦」という卑小なドラマをしか、ニグロについて書けやしないのである。

いかなる意味においてでも、人間の抽象化に抗うところから、われわれは始めなければならない。ボールドウィンの「万人の抗議小説」がいおうとしているのは、このことなのである。ストウ夫人の『アンクル・トムの小屋』と、ライトの『アメリカの息子』とが共通しているのは、ニグロの〈性〉の抽象化である、とボールドウィンはいう。トムが市民的な「人間性」をもっていることを示してやるかわりに、ストウ夫人は彼の男〈性〉を捨象したのだ、と。「しかし、われわれの人間性とは、われわれが背負う生活そのものなのである。われわれはそのために闘う必要はないのだ。必要なのは、それを受け入れることだけである。そのほうがはるかにむずかしいことなのだ」（「万人の抗議小説」、傍点筆者）。

これは次のような意味である。われわれが「人間的」であるのは、すでに自然的存在として、つまり生活的存在、性的存在としてそうなのであり、抽象的な「人間性」、すなわち法や宗教やヒューマニズム、実存主義といった幻想性の中でのみ本質的なのではない。われわれの本質性は、そういう幻想的な抽象性の中に求めるべく「闘う必要はない」し、「必要なのは、それを受け入れることだけであり」、かつ「そのほうがはるかにむずかしい」、ということである。

ニグロを、法の中に、信仰やヒューマニズムの中に上昇させるということは、進歩的のようにみえるけれども、実は彼らの自然性を抽象してしまうことでしかない。抽象的存在であるとは、幻想性においてしか本質的でありえない人間である。

ボールドウィンにとって、キリスト教は、〈性〉を抽象することと、憎悪を愛に封入することを意味したのだが、全く同じことがニグロの市民権獲得運動についていえるのである。「抗議小説」の目的もそこにあるといっていい。アメリカのリベラルは「人間性」から出発する。それゆえ黒人の「抗議小説」を認め称賛をおしまない。しかしわれわれはそういう抽象的な「人間性」に到達しえたとき、もっとも疎外された存在なのだ、ということが、彼らには理解できないのである。

けっきょく、抗議小説の狙いは、アフリカに乗りこんだ白人宣教師が、土人たちの裸体を蔽い、蒼ざめたイエスの腕に抱かせては奴隷にしてしまう、あの性急な熱意に実によく似てくるのだ。（「万人の抗議小説」）

民主国家は、人間を法的存在に抽象化するし、資本制生産は、人間を抽象的労働商品に還元する。そこには抽象的な個人があるだけで、男も女も、家族も、身分も、貧富も一見ありえないようにみえる。「そのために闘う必要」がどこにあるだろうか。ボールドウィンは、「彼ら（この国の楽観的な自由主義者（リベラル）たち）は、激昂してくると、とかくニグロを政治子供だと言いたがる。まったくもって甚だしいぬれぎぬである」（「アトランタ旅行」）と、彼らをからかっている。要するに安保闘争があれば「市民意識」が定着したと喜び、佐世保事件があれば「市民意識」の確立を評価する日本の政治学者と同類である。しかし法と経済という両面からどのように人間を抽象化しようとしてもしきれないのは、〈性〉にもとづく関係、たとえば家族である。われわれが家族の中に生れ、そこで育つ以上、それはヘーゲル的に市民社会に揚棄されながらも、決して解体され尽しえない自然的定在である。オールビーの「ヴァージニア・ウルフなんかこわくない」を思い浮べよ。フロイトが個人心理学と集団心理学の結節点に家族体験をおいた理由はそこにある。われわれが最初にもつ人間の関係の構造は、家族体験によって与えられるからである。

さてボールドウィンが『アメリカの息子』に反発した理由は、すでに明らかである。

（……）白くできないとあらばせめて空白（ブランク）にしたいというのが、いまなお一般の願望であるかと思われる。（「今はなき数千の人々――『アメリカの息子』論」）

悲劇は、彼が、自分に生活を否定させる神学を受け入れ、自分を人間以下であるかもしれないと考え、そのため、自分の人間性のための闘いを、出生とともに受けついだ野蛮な価値基準に従って行なうしかないと感じていることにあるのだ。（「万人の抗議小説」）

ボールドウィンが、ライトとストウ夫人を同一視したのは、〈性〉の関係性を彼らが抽象したからであるが、逆にいえば白人と黒人の関係は、自己意識の「主人と奴隷」の関係ではなく、〈性〉にまで下降しなければとらえられない関係だ、ということである。

その現実は、単に、抑圧者と被抑圧者の、主人と奴隷の関係だけではない。また、憎悪だけがその動機ではない。それは、同時に、文字どおりでも精神的な意味でも血の通った関係であり、おそらくアメリカの経験の中で最も根深い現実なのである。この中に、愛の力と、愛の悶えと、愛の恐怖がいかに多量に含まれているかということを認めないかぎり、われわれはその扉を開くことができないのだ。

（「今はなき数千の人々――『アメリカの息子』論」、一部傍点筆者）

ここでことわっておきたいが、私は「アイデンティティ」ということばのかわりに、「共同性」ということばを用いることにする。というのは、「アイデンティティ」というと（それに対立する「自己疎外」という概念と同様に）、なにやら意味了解しうるようなあいまいさがあり、その実なにものをも具体的に指示しないように用いられているからである。たとえば、ボールドウィンのいう「愛の悶え」や「愛の恐怖」、「血の通った関係」を、文字通り〈性〉としての人間の関係性の意味に解すべきところを、神学的な愛に解しようとする者が必ずいるわけで、そのためにも「アイデンティティ」ということばは回避したい。「共同体」とはなにか、といえば、われわれはどのようにでも答えることができるだろうが、私はあえて限定して、婚姻関係が相互的に許容される範囲とみなす。それは共同体の成立が、家族の質的な遠隔化によって生じていることからも明らかである。

われわれは日本人として無言の共同性を所有している。それはことばにあらわれぬ沈黙の領域であり、またことばにする必要すらなく、それを前提にしながらしかも前提にしていることを意識する必要すらない領域である。家庭内ではほとんどことばが不必要であるように。そしてわれわれの沈黙の共同性は、じつに長い間にわたる同一化を経てつくり出されたものであって、根源的にはそれは〈性〉の関係性によっているということができる。

言語や宗教はそれに比べると二次的であり、〈性〉は言語に向うよりは沈黙に向うのである。私はここにひとつの誤解例をとり出そうと思う。T・S・エリオットは、宗教的同一性を「伝統」というが、それは歴史的にみても転倒した考えというものである。なぜならゲルマン民族の改宗は、民族全体の改宗であり、つまり神をとりかえることによっておこったものであって、宗教的同一性以前の共同性によって生じたものでしかない。同じことが日本のキリシタンのばあいにもいえる。彼らは村全体が改宗したのであり、また彼らの信仰の粘りづよさは、宗教的信念のつよさではなく、村の掟によっていたのである。「もっと大切なことは、宗教的背景の統一である。したがって民族と宗教のさまざまな理由から、自由思想のユダヤ人があまり多数混っていることは望ましくない」（『異神を求めて』）などと、ナチスがユダヤ人狩りをしているおりに、ぬけぬけと語っているエリオットは、共同体及び国家はユダヤ人をしめ出すのではなく、逆にユダヤ人を必要とする、ということにまったく気づいていない。ボールドウィンは、「ジョージアにはニグロが、ハーレムにはユダヤ人がいる」と書く。おそらく白人と黒人の関係の矛盾の「自己解消装置」として、ユダヤ人は必要なのだ、ナチスが階級闘争の「自己解消装置」としてユダヤ人を必要としたように。アメリカのニグロのキリスト教が（「黒い回教徒」はいうに及ばず）はなはだ旧約的でありユダヤ的であることからみても、エリオットの論理に従えば、彼らが「あまり多数混っていることは望ましくない」ことになるだろう。事実アメリカの白人はそういう「純潔」を夢想しているのである。いずれにせよ、フロイトやマルクスがユダヤ人であり、それゆえ国家や民族の共同性をこえた普遍性を理論的に志向せざるをえなかったことに比べると、ユングやエリオットはあまりにも易きについた、といわざるをえない。しかも易きにつくことが可能なのも、いつも彼らが沈黙の共同性に憩うことができるからであったが、そのかわり理論的な普遍性を獲得しえなかったわけでもある。思想的な意味で易きにつくことは、その報いを必ずこういうかたちで受けとらざるをえないのである。

さて〈性〉とはあくまで人間の直接的な関係性としてのみ理解されねばならない。〈性〉の抑圧の意味は、実は人間の直接的な関係性の捨象にほかならないので、そのかぎりでのみ、抑圧は病的なのである。単なる禁欲と「抑圧」を混同すべきではない。「性」を追求すると称する文学者は、そこに人間の関係を追求するのでなければ、空虚なスローガンにすぎない。〈性〉は単に生物学的な「性」ではありえない。フロイトは生物学的なリビドーと、関係性としての〈性〉を分ちがたくとらえているのだが、彼は生涯「医者と患者」の関係以外から資料をとりこまなかったのであって、そこに一筋縄ではいかぬ彼のてごわさがある。

〈性〉を捨象することは、それゆえ、人間が関係を捨象して、抽象的な人間性とか、実存として存在することを意味する。ブーバーのいう「汝と我」は根源的に〈性〉関係であり、すべて集団というものは〈性〉的結合によって支えられているのである。「ビガーには、自分自身に対しても、自分の生活に対しても、自分の家族に対しても、他人に対しても、はっきりした関係が見られない」（「今はなき数千の人々——『アメリカの息子』論」、傍点筆者）と、ボールドウィンはいう。

〈性〉の抽象は、つまり〈性〉の抑圧は、アメリカの白人と黒人の関係を病的なものにする。それは一方で、「ニグロたちは白人たちの性的偏執病の第一の攻撃目標である」ようにさせる。木から吊され、ナイフでセックスを切りとられるニグロのイメージ。あるいは、J・H・グリフィンの『私のように黒い夜』が報告しているような、黒人のセックスについての異常な関心（ボールドウィンは、この問題を〝Going to meet the man〟で扱っている）。それはまた他方で、ボールドウィンがどうしても理解できないという、ノーマン・メイラーの「なかなか捨てようとしない、ニグロの性への偏愛という例の神話」を生み出しているわけである。これらはやはり「貨幣の表と裏」にすぎない。

人種差別の本質は、近代的な法的権利の問題ではなくて、〈性〉的抑圧のうちにある。黒人問題が法的諸権利の闘争である時代が本質的な意味では終焉したこと、このことが、ボールドウィンがいうまでもなく、「抗議小説」を無効にしたのであるが、しかしニグロの「政治的解放」は、なんら「社会的解放」を意味しない。アメリカのニグロとホワイトが、法的表象においてどのように自由であろうと、現実的に差別がある理由は、〈性〉を媒介することなくして「共同性」を考えることができない、ということである。そして、それは単なる差別にとどまらず、相互的に病と恐怖を瀰漫（びまん）させるのである。したがって、われわれはアメリカにおける人種問題を、「自己欺瞞」や「愛」や「アイデンティティ」といった抽象的な言辞で回避しえぬ問題として、みなさねばならない。また、このとき、われわれは日本人やヨーロッパ人がいまでは経験する必要のない経験、「アメリカ的経験」の特殊性を理解すべきトバ口に立っているわけである。

ボールドウィンは、また次のようにも書く。

> 私にとって、彼（ライト）の考え方は完全に観念的に見えたからである。一つの社会がいかにでき上っているかという本当の概念が、彼にはないのだと私は思っていた。
>
> （「ああ、リチャード」）

抽象的な実存や人間性の集合として社会があるのではない。そのように考えられるとすれば、それはただアメリカという国家が次々と移民の集合体として、アトミスティックに合成されたという歴史的事情によるのだ、ということを、彼はじつに正確に指摘している。

（……）個人というものをそれを産み出したいっさいの力から切り離して考えることもできるというほとんど無意識的な想定が、アメリカ人の混乱の根底となっているように思われる。しかし、実は、この想定それ自体が、国民の、祖先からの全的・自発的疎外の歴史という、アメリカの歴史の上に成り立っているのである。おそらく誰の目にも歴然たる事実であるにもかかわらず、ひとりわれわれアメリカ人だけが今もって認めようとしないことは、この歴史が、独特の過去をもった史上未曾有の国民を創造したということである。今日までわれわれにこれほど面倒な役割を押しつけてきたのも、ほかならぬこの過去ではなかったのか。（「本体（アイデンティティ）の問題」）

一九五六年に開催された「黒人作家芸術家会議」において、ひとり苦々しく討議を聞いていたボールドウィンは、世界の黒人の団結とか目標の同一性というものは、「個人というものをそれを産み出したいっさいの力から切り離して考えること」であり、その上で「黒い肌」の共通分母を括り出したものにすぎない、と考えていたのであった。それは、あたかも国家を捨象して、個人が連帯しうると考える市民平和運動家についても、あてはまることである。

「ヨーロッパに滞在するアメリカの作家に、ほとんど生まれて初めて、自分は誰にでも手を差しのべられるのだ、自分は誰にでも近づくことができ、何事に対しても自己を開いているのだ、ということを感じさせる」(「アメリカ人であることの意味」)のはなぜだろうか。アメリカでは自己を開くことができないのはなぜだろうか。この問いに対する答えは、「独特の過去」をもつアメリカの特殊性であると、すでにボールドウィンが述べているわけで、私はとくにつけ加えるべきものをもたない。あえて註解を試みるなら、以下のようなことになろう。

ふつう地上のあらゆる国家・共同体は、〈性〉としての人間、つまり男や女としての人間から、あるいは家族の質的発展として形成されているのに対して、アメリカ国は、ヨーロッパ共同体から離脱した抽象的な個人の集合によって形成された、ということは、すでに先験的に「共同性」の形成の困難を与えており、政治的国家(アメリカ大統領のもつ独得の地位を考えよ)を通してしか、それをもつことを不可能たらしめている。

これらの事情を、アメリカ人のピューリタニズムに帰すことに、私は反対である。それではヨーロッパのピューリタニズムと、アメリカのピューリタニズムの差異を明らかにすることはできない。むしろ、総体的にアメリカ人をピューリタンにしたのは、ひとたび共同性からきりはなされた個体性のもつ激しい罪悪感であろう。「罪の意識は、類的本質と個別性との矛盾の意識である」と、フォイエルバッハはいっている。この因果関係を転倒すべきではない。アメリカの文学に「女」が欠けているのは、ピューリタニズムのせいではなく、そこでは〈性〉は抽象した個人として存在するほかなかったからだ。「共同体」から流出するとき、同時に〈性〉からも流出したのである。それゆえ、アメリカ人にとって、「共同性（アイデンティティ）」の回復は、〈性〉の回復を媒介することなくしてありえないし、それも黒人に対する〈性〉の関係性の回復なくしてありえない、というのが、私の見るボールドウィンの見解である。

アメリカに移民してきた私人と私人の関係は、サルトルのいう対自と対自の関係であり、相克存在であるほかはない。サルトルが、しかしながら、そういうことができるのも、歴史的に形成されてきた共同性の枠内においてであって、アメリカにおいては「相克」ということ自体が危険なのである。沈黙の共同性がなければ、それはただちに暴力的なものになってしまうか、決して争わず、そのかわり親密にもならないような関係になるばかりである。「自己を開くこと」ができるわけがない。オールビーの「動物園物語」ほど、この関係をあざやかに示しているものはない。このドラマは、「不条理演劇」でもなんでもないので、ただふつうのアメリカ人の関係の本質を示したにすぎない。これから比較すると、日本のドラマの葛藤は、ほとんど兄弟喧嘩のようなものである。こういう関係からのがれる唯一の方法は、アメリカの巨大な空間を西進することであり、その可能性があるあいだは、関係からの逃避は容易であった。所謂「アメリカン・ドリーム」とは空間的逃避であり、関係からの逃避願望の謂である。

南部は、それに比して、血縁的な共同体をもちえた、といってもいい。しかし南部もまた、「私人」から「共同体」への退行的形成でしかないので、そこに黒人奴隷を使用するプランテーションが介在せざるをえなかったというところに、南部における白人と黒人の相関的な結びつきがある。したがって南部プランテーションがなく、黒人がアメリカにいなかったなら、という仮定をたてうるならば、おそらくアメリカは、「黒人問題」というかたちではないが、やはり「共同性」の問題を別のかたちでもったにちがいないのである。

南部がアメリカの文学において、フォークナーという巨星を生み出したのは、南部農耕社会の家族・共同体から強いられた市民社会・国家への移行を、悲劇的に体験したからであろう。むろん悲劇的というのは、ヘーゲルが『アンチゴネー』を分析して、家族（神）が国家（神）に敗北する過程を再現することによって昇華（カタルシス）することに、悲劇の本質を見出したような意味あいにおいてである。この意味でフォークナーの文学は、悲劇性を獲得しえたといえる。しかしもはやフォークナーの時代は終った。

遅れてアメリカにあらわれた移民は、人間の関係の疎遠さと、法と経済が強いる二重の抽象化に対抗して、故国ヨーロッパにつながる共同性を個々に形成するほかない。これは反作用的な自己防衛であって、南北戦争後の南部社会が家族的共同体を反動形成した事情とかわるところはない。しかしこういう個々の共同性への固執が、逆にまたアメリカ国民の「共同性」形成を阻害することにもなる。

いずれにせよ、こういう大ざっぱな概観を展開することは、私の本意ではない。ただひとつ、私が強調しておきたいことは、「共同性」の中核には〈性〉があり、〈性〉にはまた「共同性」への可能性が開かれている、ということである。

「スイスの寒村にて」のボールドウィンは、この「アメリカ的経験」の特殊性の中に、逆に積極的な意味を見出そうとしているかのようである。

アメリカのニグロ奴隷は、たとえばハイチのニグロとはちがって、「異郷にあってもなお過去とのつながりを保ち、なんらかの方法によって——たとえ思い出によるしかなくても——故郷での生活の形態を崇め維持する、という、そういった前提」をもっていないし、「ほとんど文字どおり一撃のもとに過去をもぎとられたことによって、彼は世界の黒人の中では異例なのである」(「スイスの寒村にて」)。

したがってアメリカのニグロは、共同性を過去にではなく未来に、アメリカ内部に見出すほかない。この事実を白人たちは認めたがらない。ニグロはいまや他所者ではない、という事実に眼をそらそうとする。リベラルにしたところで、ニグロをたとえば結婚の対象として考えてはいない以上、そこにかわりはない。法的・政治的平等を実現し、あるいは経済的平等を実現しさえすればいい、と考えているのだから。

だが、アメリカのニグロが、自分の過去との完全な袂別によって自己の正体（アイデンティティ）に到達したとしても、アメリカの白人のほうは、ヨーロッパ的な純潔（イノセンス）を回復し、黒人の存在しないような状態に舞い戻るための手段がなにかあるかもしれないという幻想を、いまだに心にはぐくんでいる。これはアメリカ人が犯す最大の誤謬のひとつなのだ。

アメリカ大陸を舞台とする人種間のドラマが、新らしい黒人を創造したばかりではなく新らしい白人までも創造したということを、いよいよ認識する時が来た。いまもって白人が私を他所者として見るという奢侈にふけるこのヨーロッパの村の単純さ、この単純さに通じるいかなる道もアメリカ人にはない。私はどんなアメリカ人にとっても事実上他所者ではない。アメリカ人を他の国民から区別するものの一つは、黒人の生活にこれほど深くかかり合ったのはアメリカの白人だけであり、白人の生活にこれほど深くかかり合ったのはアメリカの黒人だけであるということだ。この事実をそのあらゆる含蓄とともに直視するとき、アメリカのニグロ問題の歴史は単なる恥辱であるのみならず、ひとつの偉業でもあったことが分る。なぜなら、この問題がつきつける不断の挑戦は、たとえ最悪の事態においてさえ、必らず何かしらの形で応戦されたからだ。この黒人対白人の経験こそ、今日われわれが対決する世界の中でわれわれにとってかけがえのない価値となるだろう。もうこの世界は白くはない。そして二度と再び白くはならないであ

（「スイスの寒村にて」）

ろう。

こういう明晰なことばに註釈をつける必要はまったくない。ひとことつけ加えておくならば、私には、ボールドウィンが「民族の死滅」というテーマを「アメリカ的経験」の中に見出しているように思われる。マルクスのテーゼ、「（政治的）国家の死滅」は、おそらく「民族の死滅」を伴うものであり、逆に、「民族の死滅」は「国家の死滅」を志向することなくしてありえない。日本人であるわれわれには想像もつかないような道程が、萌芽的にアメリカの中に見出される、とすれば、アメリカの「人種問題」は、われわれにとって原理的な関心をひくに足るのである。しかも重要なのは、ボールドウィンの思想ではなくて、経験である。「世界はどんな新しい思想でも恐れはしない。どんな思想でも握りつぶすことができるからである。だが、世界は真実の新しい経験を握りつぶすことはできない」（D・H・ロレンス）。

しかし、ひとたびこのような巨視的展望から身を現実の地平に沈めれば、すなわちボールドウィン自身が一黒人として生活の場にたちもどるやいなや、あの激烈な「憎悪と絶望」にたちもどらねばならないのであって、そこで、私のエッセイもまた最初にたちもどることになるわけである。

自然過程論

(一)

朝に四脚、昼に二脚、夜に三脚となる動物はなにか。エディプスが即座に「人間」と答えるまで、このスフィンクスの謎かけは多くの人々を悩ましたといわれる。しかし、この謎かけはけっして単純な謎かけということはできないので、おそらく今もってこの神話はわれわれの認識の死角を鋭く衝いているはずなのである。なぜなら、われわれが「人間性」というような抽象的観念に浸っているかぎり、このスフィンクスの問いに答えることはできないからであり、また、スフィンクスは古代的相貌ではなく何らかの現代的相貌をもってあらわれ、われわれをとって喰おうとするだろうからだ。

たとえば、エリック・エリクソンが次のようにいわねばならないのは、われわれに深く浸潤している錯覚をとりはらう必要を痛感しているからなのである。

社会学や歴史学の研究者は、次のような単純な事実を引きつづき楽しげに無視してきている。つまり、すべての個人は母親から生れるのであり、だれでもかつては子供だったのであり、みな子供部屋で育ってきたのであり、また、社会というものは世代から構成されており、その世代というのは、つねに子供から大人へと発達する過程にあり、かつ、自分の一生の歴史的変化を吸収し、子孫のために歴史を作っていくように運命づけられているのだ、という事実である。（『アイデンティティ』）

むろんエリクソンは自明のことを語ったにすぎない。が、マルクスが「人間とは社会的諸関係の総体である」といったとき、彼もたんに自明のことを語ったにすぎないのである。しかしマルクスがそう記すまで、いうまでもなくそれはけっして自明のことではなかった。彼は「人間」についてのもろもろの観念、「精神」とか「類的本質」とか「自然法」とかいった観念のかわりに、ただ具体的な生活形態における人間をリアリスティックにみたのである。とはいえ、マルクスにはおそらく「人間」は子供から老人にいたる世代としてしか存在していない、あるいは男や女としてしか存在していない、あるいは人種や民族としてしか存在していないという事実はあまり問題になっていなかったであろう。

しかし、すでに、ヘーゲルはフロイトやエリクソンがとりあげた問題について、体系的な考察を遺している。われわれが『経済学・哲学草稿』(以下『草稿』)を読むとき何となく読みすごしてしまう「類的本質存在」といった概念、つまり、「類」という概念について、ヘーゲルは明瞭な規定を与えている。たんなる生物と人間において、「類」の実現はどのように異なるか。ヘーゲルは次のようにいう。生物の場合、「類」はそれに直面すれば生物が消滅しなければならないような威力として明示される、つまりそのとき「類」は個体の死において抽象的な実現に到達するにすぎないのに対して、精神(=人間)においては真実に実現され、したがって、精神は「類」と同質的なものである。マルクスのいう「類的本質存在」は、せいぜいヘーゲルの右の規定を踏襲しているにすぎないが、しかしマルクスもフォイエルバッハも、ヘーゲルが次のように述べていることを等閑に付している。

しかし人間学的なものにおいてはこの実現はなお自然性の様式をもっている。なぜかといえばこの実現は〔人間学的なものにおいては〕自然的な個体的精神において起こるからである。このために〔ここでは〕この実現は時間のなかで行なわれる。こうして個人そのものが経過して行く一系列の相互に区別された状態が発生する。これらの状態はもはや、一般的な自然精神がさまざまな人種および民族精神のなかで支配的なものとしてもっている直接的区別がもっているような固定性をもたず、一つの同じ個体においてて、相互に移行し合う流動的な諸形式として現われる。（『精神哲学』）

いいかえれば、これはエリクソンがいうような、生誕から死にいたる年齢的な時系列を意味している。のみならずエリクソンとは異なり、明らかに「類」との関連においてそれはとらえられている。ヘーゲルが精神の「自然過程」を見出すのは、「年齢の経過」とさらに「性関係」においてである。彼はこういっている。年齢の経過においてたんなる変化にすぎず流動的な区別にすぎなかったものが、性関係においては、個体は固定的な区別、すなわち個体自身に対する実在的対立に到達し、個体が類に対してもつ関係は、異性の個体への関係に発展していく、と。

このように、ヘーゲルは「類」の実現を、「年齢」と「性」においてとらえるのだが、むろんこのとき、彼はたんなる生物の場合と人間の場合を区別しているはずである。それゆえ、ヘーゲルは年齢の経過について次のように書いている。

子供は自己内に包みこまれている精神である。若者は発展した対立である。いいかえれば若者は、それ自身なお主観的な一般性、例えば、もろもろの理想・もろもろの構想・もろもろの当為・もろもろの希望等々が、直接的個別性に対して、すなわちもろもろの理想・もろもろの構想・もろもろの当為・もろもろの希望等々に適合しない現存している世界に対してなす緊張であり、他方においてはまだ独立しておらず自己内においてでき上がっていない個体が自己の現存在において、もろもろの理想等々に適合しない現存している世界に対して取る態度である。大人は真実な関係であり、すでに現存しているでき上がった世界の客観的必然性と理性性との承認である。この世界の仕事が絶対的に成就されることによって、個人は自己の活動に確証を与え、自己の活動のわけまえを受け、そしてそのことによって一人まえのものになり、現実的現在と客観的価値とをもつようになる。老年はこの客観態との統一の成就である。この統一は、実在的なものとしては、無神経になる習慣の非活動に移り行き、そして観念的なものとしては、外面的現在がもっている制限された関心や錯綜やからの自由を獲得する。（『精神哲学』）

ヘーゲルの体系はどこを輪切りにしても同じ模様があらわれる円錐形をしているので、右のような過程は、自然的意識から絶対的精神への全過程とパラレルになっている。そこで、われわれは三つの点に注目しなければならない。

第一に、ヘーゲルの考察は、われわれが世俗的に経験している世代の通念とほぼ異なるところがないということである。

一般に青年が反逆的で、大人が保守的・秩序的であるのはなぜか。青年がこの世界に登場するとき、すでに諸権力が大人の手ににぎられているから、という説明はここでは意味をなさない。それでは反逆も革命も、たんに権力の年齢的な移譲と交替への性急な要求にすぎず、権力そのものの揚棄という革命の本質的課題は欠落している。永劫にくりかえされる自然過程がそこにあるだけだ。むしろ逆に、権力あるいは秩序を支えているのは、大人ではなく、自然過程そのものだといわねばならない。実際これまでの革命が、ある意味では、たんなる世代の交替という自然過程の性急な実現を本質的にこえたことがあるだろうか。多くの革命政府が（ロシア革命にせよ明治維新にせよ）、支配層の老化によって次第にその意義を失っていった過程は、さまざまな次元の要因を捨象してしまえば、たんなる自然過程でしかないのだ。それゆえ、このような精神の「自然過程」を肯定すれば、われわれはヘーゲルのように自然的な秩序を肯定することにならざるをえない。

第二の問題は、ヘーゲルがすべてを「類」の観点から、つまり予定調和的で超越的な観点から考察していることである。この点は、『草稿』におけるマルクスも同様であって、その疎外論はつねに「類」の観点から人間をとらえているために、ヘーゲルのたんなる唯物論的転倒にすぎず、ヘーゲルの論理が内包している個体と類の安定した関係をくつがえすところまで行ってはいなかったからである。したがって、マルクスは次のように書くことすらできたのだ。

死は〔特定の〕個人にたいする類の冷酷な勝利のようにみえ、そして両者の統一に矛

> 盾するようにみえる。しかし特定の個人はたんに一つの特定の類的存在であるにすぎず、そのようなものとして死をまぬがれないものなのである。（『草稿』）

「特定の個人」としてのマルクス自身がこんなふうに考えていたとは信じがたいが、しかしフォイエルバッハの強い影響下にあった当時の彼が右のように考えても別に不思議ではなかった。これはフォイエルバッハの『死と不死について』が示す予定調和的な一種の「人間宗教」にほかならないからである。個体はけっして「一つの特定の類的存在」として死ぬことはできないという地点において、キルケゴールは当然のごとくヘーゲルに反発した。シュティルナーがヘーゲルやフォイエルバッハを攻撃したのも、やはり他のだれともかえがたい「唯一者」の観点を主張しようとしたからである。マルクスはどうか。彼がヘーゲリズムとはっきり絶縁したのは『ドイツ・イデオロギー』においてであり、「類的本質」なるものはドイツ観念論の伝統的用語にすぎず、具体的な社会的諸関係のうちにある個人としてしか人間は存在しないといいきったときである。しかしこのとき実は、彼は同時にヘーゲル－フォイエルバッハ的な「死」の観念、つまり「類」の観念をも否定せねばならなかったはずなのだ。「類」とは幻想にすぎないといったとき、彼は『草稿』で示した包括的な人間論をもう一度分節的に再編成しなければならなかったはずなのである。「類」と「個」の関係が、「マルクス主義と実存主義」といったかたちであいまいにカヴァーされるような事態をまねかないためにも。

われわれが経済学の領域をのぞいて、マルクスからほとんど理論的な恩恵を蒙ることができないのはこのためである。初期マルクスの研究者はこのことがよくわかっていない。「類」を先験的に前提した疎外論は形而上学にすぎず、青年ヘーゲル派的な一宗教にすぎないのだ。それならばむしろヘーゲルに回帰すべきであろう。たとえばヘーゲルは「類」という場合にも、先に引用したように微細にわたった考察を示しているからである。

それでは、われわれは「類」の問題を全的に否定してしまうべきであろうか。つまり、完全なニヒリズムやエゴイズムに到達すべきだろうか。むろん、どのように考えることも個体的な意識にとっては恣意に属している。しかし、われわれは「かつて子供だった」ことを無視すべきでない。つまりわれわれは自由な個体的意識として生れてきたのではないということを忘れるべきではない。

ヘーゲルの考察について注意すべき第三のポイントは、この点にかかわっている。彼は老年期について次のように述べている。

> （老年においては）（……）主観と客観との対立が消滅すると同時に客観に対する主観の関心が消滅するからである。こうして大人は、ちょうど彼の物理的有機体の活動が無神経になって老年になるのと同じように、精神生活の習慣によって老年になる。

しかしこの知恵——すなわち主観的な活動とそれの世界とがこのように生気なく完全に合致しているということ——は、対立をもたない子供時代に復帰して行くということである。そしてそれはちょうど、老年の物理的有機体の活動が、過程をもたない習慣になることによって、生きた個別性の抽象的否定に——すなわち死に——進んで行くのと同じことである。（『精神哲学』）

ヘーゲルが「物理的有機体」としての年齢と、「精神生活」としての年齢を対応させていることに注目すべきである。逆にいえば、ヘーゲルはその両者を明瞭に区分しているのであって、むしろ彼において重要なことは、年齢の変化が、「精神生活」における類と個体の対立関係の諸形態としてとらえられていることである。ヘーゲルの考察が世俗的な世代観からきわだってみえるのは、このように「年齢」を身体的なものに還元せずに、それとは独立した一つの関係形態としてとらえた点においてである（だから彼が『歴史哲学』その他でアジア民族を「子供時代」としてとらえた理由もそこにある）。

ヘーゲルのこの考察を本質的な意味で継承しているのは、吉本隆明の『共同幻想論』だけだといってもよい。吉本は、生誕と死について次のように述べている。

心的にみられた〈生誕〉というのは、〈共同幻想〉からこちらがわへ、いいかえれば〈此岸〉へ投げだされた自己幻想を意味している。そしてこのばあい、自己の意志にかかわりなく〈此岸〉へ投げだされた自己幻想であるために、〈生誕〉は一定の時期まで自覚的な問題ではありえないのである。そして大なり小なり自覚的でありえない期間、個体は生理的にも心的にも扶養なしには生存をつづけることができない。人間の自己幻想は、ある期間は過程的にとおって徐々に周囲の共同幻想をはねのけながら自覚的なものとして形成されるために、いったん形成されたあかつきにはたんなる共同幻想からの疎外を意味するだけでなく、共同幻想と〈逆立〉するほかはないのである。そして、自己幻想の共同幻想にたいする関係意識としての〈欠如〉や〈虚偽〉の過程的な構造は、自覚的な〈逆立〉にいたるまで個体が成長してゆく期間の心的構造にその原型をもとめることができる。

（……）わたしたちは人間の〈死〉とはなにかを心的に規定してみせることができる。人間の自己幻想（または対幻想）が極限のかたちで共同幻想に〈侵蝕〉された状態を〈死〉と呼ぶというふうに。〈死〉の様式が文化空間のひとつの様式となってあらわされるのはそのためである。たとえば、未開社会では人間の生理的な〈死〉は、自己幻想（または対幻想）が共同幻想にまったくとってかわられるような〈侵蝕〉を意味するために、個体の〈死〉は共同幻想の〈彼岸〉へ投げだされる疎外を意味するにすぎない。近代社会では、〈死〉は大なり小なり自己幻想（または対幻想）自体の消滅を意味するために、共同幻想の〈侵蝕〉は皆無にちかいから、大なり小なり死ねば死にきりという概念が流通するようになる。

いいかえれば、吉本は人間の生誕から死にいたる「年齢の経過」を、共同幻想（類）から投げだされてきた自己幻想（個体）が、徐々に拡大し共同幻想をはねのけていきながら、それと「逆立」し、また、「同調」し、やがて共同幻想に侵蝕されていく過程としてとらえている。つまり、吉本は「類」をはっきりと共同的な「幻想」としてとらえており、このとき「類」は初期マルクス的な人類概念としてではなく、個々の社会的な共同規範はフロイトのいう「超自我」に結びつく概念として変容されているのである。

したがって抽象的なヒューマニズムが無視してきたのは、人間がもろもろの年齢においてしか存在していないという生理的事実だけではない。「年齢」というかたちであらわれるとはいえ、人間が精神（心）的に存在するありようは、つねに共同幻想（類の意識）と自己幻想（個体の意識）との対立形態にほかならないこと、つまり、個人の自由な実存などというものは元来どこにもありえないことを無視してきたのだ。

たとえば、「類」観念が観念にすぎないがゆえに否定したところにあらわれるニヒリズムや実存主義について、私はほとんどそれが徹底されたかたちで貫徹された思想家の例をしらない。ニーチェにしてもキルケゴールにしても、結局もう一つの「類」の観念を平然と導入させてしまったからだ。多くの場合、もっとひそかに「類」の観念がしのびこまされているのであって、その一例はかつてのサルトルの「実存主義」である。彼は「実存主義」を救いがたいニヒリズムから区別するために、「わたしは、わたしの自由と同時に、他人の自由を欲せざるをえない。わたしは、同様に他人の自由を目的とするときにのみ、わたしの自由を目的とすることができる」（『実存主義はヒューマニズムである』）と書いている。これがカント『実践理性批判』のあやふやな踏襲にすぎないことは、つとにルカーチが指摘している。ハイデガーの場合は、「存在」が「類」の代理物となっている。

このような意味での、思想家の「成熟」や「発展」は、いわばヘーゲルのいう「大人」や「老年」の特性にすぎず、したがって自然過程にすぎない。それならば、われわれは彼らが公然とあるいは隠然ともちこむ「類」の観念をむしろ最初から拒否してかかるべきである。社会的な共同幻想としてあらわれる「類」観念以外に、もはやわれわれが抱きうる「類」観念は信仰にほかならないからだ。

たとえば「神の死」は具体的には何を意味するのか。抽象的な思想史家は、古代ローマにおけるキリスト教と中世ゲルマン民族におけるキリスト教を混同しがちである。前者は個人的な宗教の色彩がつよいが、中世のキリスト教はただ中世封建制社会の「共同幻想」

と合致し、あるいはそれをことばとして翻訳しかえたものにすぎない。仏教や道教が果した役割とあまりかわるところがないのだ。宗教改革が生じたのは、封建制社会の経済構成が変容し、共同体的規範が弛緩しはじめたときであり、このときキリスト教は社会の共同幻想と「逆立」する本来的な（原始キリスト教的な）意味を賦活されたのである。しかしハイデガーがいうように、まさにプロテスタンティズムにおいて神は死んでいる、つまり、中世人にとって社会的な共同規範として存在していたものは、「近代国家」として抽象化され、一方信仰は個人の主観的な、したがって恣意的なものに転化せざるをえなかったからである。「宗教の批判は国家の批判にとってかわらねばならない」とマルクスがいったとき、彼もやはり「神の死」を告知したのだ。しかもそれによって人間が自由になったのではなく、共同規範が国家の法として転化されただけだということを同時に宣告したのである。

しかし抽象的な概説はやめよう。私がいいたいのは、われわれが突然青年として生れてくるのではないように、どのような人間も抽象的な「人間性」として存在するのではなく、また自由な実存として存在するのではない、ということである。しかし、逆になぜわれわれはあたかも自由であるかのような自己意識を抱きうるのだろうか。

その前に、精神の「自然過程」についてのヘーゲルと吉本隆明の決定的な相違を明らかにしておかねばならない。その相違は観念論と唯物論といったものではない。重要なことは、たとえばヘーゲルが「大人」において和解や承認を見出しそれを強調しているのに対して、吉本が「青年」において「逆立」的契機を見出しそれを強調している点である。

> 大人は真実な関係であり、すでに現存しているでき上がった世界の客観的必然性と理性性との承認である。（ヘーゲル）

> 個体の自己幻想にとって、社会の共同幻想が〈同調〉として感ぜられるためには、共同幻想が自己幻想にさきだつ先験性であることが自己幻想の内部で信じられていなければならない。（吉本隆明）

ヘーゲルのいう「大人」とは、吉本のことばでいいなおせば、共同幻想を自己幻想にさきだつ先験性として信じることにほかならない。それゆえヘーゲルは「同調」において、吉本隆明は「逆立」において、倫理性を見出すのだ。そして、いずれも、どのような時代と社会においても本質的に存在する形相を相対立したかたちでとらえている。しかし、社会形態あるいは社会の共同幻想の形態が変質したとき、このような本質性がどのような湾曲と変貌を象(かたど)るかは、むろん問われていない。ただ本質的な洞察がなされているのみである。

ところで、エリクソンは次のように書いている。

あえて少年少女向きであろうとするすべての実存主義がもつ危険性というのは、実存主義が世代的過程にたいする責任を回避し、またそうすることによって、人間的アイデンティティの発育不全な形成を唱導するところにある。われわれが伝記の研究から学んだことは、アイデンティティの道徳的基盤を提供する子供時代を越え、また青年期のイデオロギーを越えた大人の倫理のみが、次の世代に、人間性の全過程を経験する平等な機会を保証してやれるのだ、ということである。そして、個人が、自分のアイデンティティを超越し、かつできうる限り真に個性的になり、すべての個人的特徴をこえるほどに真に個性的になるのを許すのは、ひとえにこの大人の倫理のみである。

（『アイデンティティ』）

まさにヘーゲルをほうふつとさせる文章である。ヘーゲルは、カントやルソーやフランス革命の思想、いわば「実存主義」的な思想を、青年的で未熟な抽象的形式に固執する疾病形態であるとみなした。一般にヘーゲルにとって、疾病とは未発達の、下位の形式にそのまま固執することをさしており、この考えは、フロイトの「退行」概念にひそかに継承されている。したがってフロイト派のエリクソンがヘーゲルに類似しても別に不思議はないのである。

われわれがさまざまな秩序に対して感じる違和感や欠如感は、ヘーゲルやエリクソンにとっては、「発育不全」の徴候にすぎず、「大人」の倫理によってのりこえられねばならぬものにすぎない。それゆえ、「実存主義」的な諸思想は、この「発育不全」の形成を積極的に唱導する無責任な思想だということにならざるをえない。

しかしエリクソンが「アイデンティティの危機」としてとらえているこの問題は、実質的にはヘーゲルと似ても似つかぬものなのである。いわばそこには量子力学とニュートン力学ほどのひらきがある。吉本の『共同幻想論』もまた、エリクソンと同時代的な問題意識によって結ばれているとはいいがたい。それはもともと未開社会（リースマンの概念規定にしたがえば「伝統指向型社会」）から近代社会（「内部指向型社会」）をさしつらぬく幻想性の本質を対象としており、いわゆる「他人指向型社会」は考察の射程にはいっていないからである。そのような社会においては、「同調」も「逆立」もともにもはや古典的な形態においてありえず、ひじょうにアンビギュアスなかたちであらわれる。いいかえれば、年齢および性という自然過程は、「自然過程」としての性格を半ば失うのである。

次章では、これらの問題について、より具体的な事実を通していくらかの分析を試みたいと思う。

(二)

子供は両親によって生れ育まれるにもかかわらず、一方、吉本がいうように「共同幻想から此岸へ投げだされた自己幻想」という本質をもっている。この矛盾は、より具体的にいえば、子供の育成と教育における諸形態を通じて示されるものである。大ざっぱに分類すると、それはほぼ三つの形態をとる。

リースマンがいうように、伝統指向に依存する社会では、子供が模倣するモデルは、大人全体という一般化されたもので、両親だけに限定されない。いいかえれば、そこで子供は直接的に社会の「共同幻想」によって育まれるといってよい。したがって、この社会では、子供と老人はほとんど完全に「共同幻想」に同化するほかに存在することができない。子供と老人の社会的処遇に関して、家族が口をはさむことはほとんど許されないのである。

深沢七郎の『楢山節考』では、「共同幻想」に同化した「おりん」婆さんと家族の側から思いきることができない息子、「共同幻想」に同化しえず「姥捨て」から逃れようとする「又やん」とそれを強制する息子、の二組が描かれている。この小説では、貧しい村の共同幻想と家族の対幻想の対立のみがあり、まったく自己幻想の要素が欠落しているために異様な衝撃を与えるのである。しかし、これは大なり小なり「伝統指向型社会」における人間の存在様態を示唆している。社会構成がその基礎そのものにおいてこのような性格を帯びているところでは、拡大した自己意識は結局自然過程に埋没していかざるをえない。青年時代西欧派だった者の「東洋への回帰」という日本の近代文学・思想史の事実は、自由な自己意識がどれだけ脆弱なものでしかありえないかを示している。ここでは「転向」も意識過程ではなく自然過程としてなされるのである。

フロイトの「超自我」という仮説がもっとも有効な社会は、リースマンのいう「内部指向型社会」である。ここでは両親の役割がつよく社会的な規範は家族を通して「内面化」される。それゆえ子供の拡大してゆく自己意識は、まず家族への対決としてあらわれるが、にもかかわらず、子供は両親にとって内面化され刻印された規範から見かけほど独立しうるものではない。おそらくフロイトの精神分析が否定しがたい妥当性をもつのは、このような社会である。ここでは、拡大した自己意識は権威と闘いながら、一方で抑圧と罪感情に苦しむという典型的なパターンをとる。

これらの点について、リースマンは巧みな説明をしている。

伝統指向型の子供は両親の顔色をうかがうことで行動した。内部指向型の子供たちは親たちとたたかうことによって育った。ところが、他人指向型の子供は親たちをあやつり、また親たちによってあやつられることのできる子供たちなのである。

(『孤独な群衆』)

「他人指向型社会」は、育児や教育が家族から社会の手に移行している点において、「伝統指向型社会」に近似している。ここでは父親の権威が失墜しているために、ちょうど擬似母系制社会のごとき性格を家族はもつのである。むろんこれは現象的な近似性にすぎない。このような社会では、「超自我」理論や「父と子の確執」という主題はほぼ無効とならざるをえない。というのも、フロイトの心理学的仮説は、フロイトの生きた社会の心理学的考察にほかならなかったからである。

これらの諸点について考察する際もっとも適切な方法は、やはり育児形態を比較してみることである。なぜなら、「育児」はけっして恣意的なものではありえないし、共同幻想(類)と自己幻想(個体)の矛盾とその矛盾の解決法を示す最初にして最大の結節点だからである。すでに文化人類学者はそこに着目し、ルース・ベネディクトの『菊と刀』をはじめ、数多くの業績をのこしているが、ここではG・ゴーラーの『アメリカ人の性格』を引例してみたいと思う。

育児法が定型化されている社会の母親は、絶対に正しいと思いこんでいる方法に従って、安心して、ほとんど育児法を意識せずに信頼を寄せ、自信に満ちて育児にあたっている。ところが、アメリカの母親には、どの育児法を行なっているにしろ、その自信や信頼は見られない。彼女らは常に多少の不安を感じている。誤りを犯したのではないか、育児のきめられた手順の一部を忘れたのではないか、子供が正しい反応を示していないのではないかと心配し、また、結局まちがった育児の方法を選んでしまったのではないかと心配することも多い。

こういう現象は、一つには祖母の世代と母の世代が非連続的であることによって生じている。アメリカの場合は、移民者の集合として成立してきているため、旧来の伝統を背負ってきた「一世」や両親の世代が全面的に否定されねばならなかった事情があった。同じように、日本では、敗戦によってこれまでの伝統的な方法への信頼を失ってしまったため、ヨーロッパよりかえって「アメリカナイゼーション」が顕著であるといってよい。もとよりそこには、社会経済構造の急激な変容が介在している。

厳密にいえば、どのような時代でも、都市や農村、知識人の家庭やそうでない家庭などの差違によって、リースマンのたてた三つのモデルは共存しているのであり、画然とわかちうるものではない。したがって、現在の日本社会も、大戦前のアメリカと同様に、実際には過渡的な諸様相を呈しているというべきである。しかし、本質論的な考察においては、あえてそれを捨象することができる。

育児法への「不安」は何を意味するだろうか。あるいは、「父」の権威や抑圧が低減したため、われわれはそれだけもろもろのタブーから解放されたのだろうか。

くりかえしていえば、「定型化された育児法」はむろん一定の社会の共同規範が個人に対して強いられる形態にほかならないが、現実にはそれは習俗として存在する。つまり、それは習俗として与えられるため、法的な規範と分離することも区別することもできない。「わたしたちの思想の土壌のもとでは」と、吉本隆明は書いている。「〈黙契〉は習俗をつくるが、〈禁制〉は幻想の権力をつくるものだということがつきつめられないままでつながっている」（『共同幻想論』）。

たとえば、育児法への「不安」は、黙契的習俗への懐疑や意識化を意味する。いいかえれば、それは習俗と法的規範の明瞭な分離意識のひとつの徴候である。

したがって、ある一面では、この「不安」は、習俗的な慣性として存続してきた両親の役割——共同規範を子供にしつけるという役割——を解除するものとしてあらわれる。その代役をなすものは、リースマンが指摘しているように、教師ですらなくて、同輩集団や仲間集団であり、また「年とった青年世代」（エリクソン）であって、いずれのばあいもマス・メディアの影響下にある。両親も教師ももはや権威としてそこに容喙（ようかい）することはできないので、彼らもマス・メディアから育児法なり教育法なりを学習しなければならない。

しかし、それによってわれわれが共同規範や禁制から解放されたことにならないことは当然である。ただ、親や教師のごとき権威の延長上にある、さまざまな擬制的権力や組織がもはや明瞭に擬制として意識化されることによって、その基盤を実質的に損壊されたにすぎない（日本の六〇年代はいわばそのことの各領域における政治的表現をみた時代である）。重要なことは、これまで習俗とわかちがたかった種々の共同規範が、合理的な「法」として外在化したことである。権力は実体的要素が稀薄化し、函数的に代替可能な機能概念となりつつある。

このような国家および法の「幻想性」を批判することは、容易ではない。なぜなら、われわれは「法」的な権利の主張によってしかそれをなすことができないからだ。国家を否定することが国家への依存を強化することにほかならないような背理は、たとえば老人問題をみても明らかである。

老人はその存在本質からみて、すでに言及したように「共同幻想」に同化するほかない。家族が老人を実際的に、そうでなければ少くとも心理的に扶養しえた「内部指向型社会」に比べると、「伝統指向型社会」と「他人指向型社会」は類似している。つまり子供が社会化されたように、老人も社会化されたのである。年とった親を老人ホームにやることは、われわれの世代にとってはまさに「姥捨て」を意味しているが、全体としてみれば、これは不可避的な傾向とみなさざるをえない。自活しうる老人は恵まれた例外者だからである。のみならず次の世代にとっては、子供が親をみすてることはさして心理的債務感を与えはしないし、老人も心構えができているだろう。「おりん」婆さんのように国家施設へすすんでいくかもしれない。これが「福祉国家」といわれるものの現実態である。

われわれはある意味では、「伝統指向型社会」におけると同様に、国家という「共同幻想」に「揺り籠から墓場まで」依存を深めていかねばならない。私的であるべき資本制生産が国家の介入なくして存続しえないように、われわれの私的な自己意識は生誕から死にいたるまで国家（法）に深く浸透され依存させられているのだ。この現実に対して、私的独立（プライヴァシー）を基軸とする一昔前のリベラリストやアナーキストの批判は、経済的自由主義や無政府主義と同様に、もはや何の根拠ももちえない。「国家からの自立」は、「内部指向型」の社会においてのみ現実性をもちえたが、今日ではそれは口先でいうほど容易ではなく、少数の例外者にのみ可能なのである。

逆に、国家への依存をより強化していこうというのが「進歩勢力」の要求なのだ。この要求はむろん「核家族」として孤立化してきた都市住民に現実的基盤をもっているが、同時にそれは国家（法）への文字通りの従属化として帰結せざるをえない。この背理的な二重性はけっして止揚されはしない。なぜなら、それは「類」と「個体」の矛盾をにせの止揚にむけて進行させるにすぎないからだ。

このにせの止揚については、ヘーゲルが模範を示している。彼はいう。国家は「個別性と普遍性の真の統一」であり、そこにおいて、「個人の自己意識は自己の実体的自由を有するのである」と。しかしわれわれがそういう「実体的自由を有する」のは、個体が生存することが「類」と背反しないような社会においてのみであり、ヘーゲルが示しているのはむしろ逆ユートピアの典型である。また、彼は国家理性を体現するのは官僚であり、官僚こそ「個別性と普遍性の真の統一」のにない手であるという。まさに「管理社会」を論理的に先駆しているではないか。「福祉国家」とはいわば官僚国家であり、私的生産と所有が官僚によってコントロールされる社会にほかならない。

これがにせの止揚にすぎないことは、老人問題をみても明白である。たしかに老人は共同幻想に同化せざるをえない本質をもっている。しかし「伝統指向型社会」とはことなり、現在の老人にとって、同化すべき共同幻想はきわめて疎遠な外在的な国家にすぎないために、自己意識（自己幻想）は「侵蝕」されることなく存続する。つまり、老人の自己意識は「不安」として、あるいは「アイデンティティの危機」として持続し、そしてそれは彼自身の主体的な努力によってしか解決しがたいものとなる。かくて、老人の苦悩や自殺はきわめて実存的なものとなる。なぜなら、老人にとって、死は「死ねば死にきり」という個人的な自己意識においてしかありえないからである。

今日の老人は老人らしくないといわれる。たとえば明治時代の文学者と同年の現在の文学者を比較してみれば、その相違は判然としている。このことは、老年だけではなく、一般に自然過程そのものが擬似的な性格をもちはじめたことを意味している。しかし、それは両義的な意味をふくんでいる。

一つは、われわれが「自然」的な過程から相対的に自由になったということである。たとえば、子供を産む産まぬが個人の自由な選択意志に委ねられるようになったことは、「性」における「類」の自然必然的な強力から相対的に解放されたことを意味する。たとえ、それがわれわれの経済事情の結果だとしても構わない。産児制限とまびきはむろん同じ本質をもっているが、後者を支配しているのはむしろ直接的に共同体の利害や経済水準であり、いいかえれば共同幻想である。そこでは自己意識はほとんど介在していない。リースマンは、まびきが行われるような「伝統指向型社会」と妊娠中絶やバース・コントロールが行われる「他人指向型社会」では、人口停滞（低減）的であり、「内部指向型社会」では人口増加的であるといっている。しかしむろん前の二つの差違は明らかであって、「他人指向型社会」では、バース・コントロールは共同幻想（類）の直接的な強制としてではなく、われわれの生涯があたかもわれわれの自由な選択意志に属するかのような、いいかえれば自然過程が貫徹するとしてもそれは個人の意志的選択の所産にすぎないかのような仮象を与えるのである。サルトル―ボーヴォワール流にいえば、われわれは老人そのものではなく老人たることを選ぶ、あるいは他者によって老人とみなされた自己を選ぶ。しかし、このような思想がひとつの倫理的意義をもつのは、われわれがなかば自然過程に埋没してしまっているような社会においてである。なぜならそこでは、たんに子供を産むことを拒否することすら、自然的な社会秩序総体への個体的な「逆立」を意味するからだ。「他人指向型社会」では、それが常態と化しているために、とくにラディカルな反逆性を意味しなくなってしまう。

むしろ次のように考えるべきである。われわれが自由な選択意志の結果と考えているものは、未開社会のように直接的ではないが、少くとも迂回的・間接的に共同幻想（規範）によって支配されている、と。フランスで、いわば「内部指向型社会」の最後の思想家としてのサルトルが否定され、「野生の思考」（レヴィ＝ストロース）や「潜在的な体系」（ミシェル・フーコー）を中心に掲げる構造主義があらわれたのは、このためだといってよい。しかし構造主義にはこれまで述べてきたような社会のカテゴリー的な区別の混同があり、しかも、彼らがいうようにどの時代・社会も潜在的な構造・体系に支配されているとしたら、同時にどの時代・社会でも個体性と共同性の対立関係が存続しているはずだということを看過しているのである。社会秩序を変える動きに、個体の共同幻想への「実存主義」的な逆立がともなわれなかったことは一度もない。構造主義はスタティックな未開社会の分析においてはたしかに有効であるが、今日の社会がスタティックにみえるのは、社会の共同幻想の支配が自由な自己意識に対して迂回的にであれ強力に作用しているためだということを忘れるべきではない。構造主義者とサルトルの相互批判は、およそ的をはずしたままのやりとりのようにみえる。

ところで、現在の若い世代においては、一般に父親によって「超自我」を形成されることがない。サルトルは『言葉』のなかで、父がなく母と母方の祖父によって育てられたため超自我をもたなかったと書いているが、われわれにとっていまやそれはたまたま父がいないという偶然の条件によるのではない。とはいえ、超自我、すなわち共同幻想が個体に先験的に強いるもろもろの規範や模範が消滅したというわけではむろんない。ミード、ゴーラー、リースマン、エリクソンらが口をそろえて指摘しているように、青少年世代の規範は同輩・仲間集団に移行しているだけなのである。

同輩集団における審判の基準は、「超自我」のように強迫的だが安定したものではなくて、うつろいやすく確固とした中心性をもっていない。「カッコイイ」とか「カッコワルイ」といった程度の非常に不明確なもので、それを論理的に説明できないような性質をもっている。これが新しい形態における黙契なのである。今では親から自立することは（経済的にはともかく）容易だが、同輩集団から自立することは難しい。「他人指向」というのは、権力をもった他者に追従するのではなく、中心をもたない権威に浮動的に追従していくことをさしている。したがって、その集団の個人は、基本的な「不安」にさらされている。それは育児法について述べられた「不安」と同じである。この「不安」は人々を画一性へとひきよせる。画一性への反抗ですら画一的となる。とうてい同輩集団から自立することはできないのだ。

しかし、これは法的な禁制とは区別さるべきものである。なぜなら同輩集団に「同調」することによっても、反禁制的たりうるからである。その場合でも、内面化された規範がないため罪感情はほとんどない。逆にいえば、法的なものへの反逆は、内面化された禁忌と対決する必要がないため、倫理性をもちにくい。

エリクソンは次のようにいっている。


フロイトの時代に、社会的意味あいをもった神経症的流行病（ヒステリー）であったものが、現在では、神経症的意味あいをもった一連の社会運動となってしまっているのである。

（『アイデンティティ』）


神経症と非行と革命運動、この三つはその本質において区別しがたい。非行が革命を、革命が非行を意味するような場合、われわれは従来の通念によって非行と革命の倫理性をはかることはできないのである。よくも悪くも、個人主義的な自己確立を至上価値として教育された世代には、ほんとうはこのことが肌で理解できない。たとえば少年期に遊び仲間から疎外されることは、どんな時代・社会でも心理的な追放＝死を意味している。しかし、現在の少年の仲間集団においては、その集団の権力の中枢があいまいで流行的なものであるため、誰も安心していることができないし、また完全に疎外された者として生きることもできないのである。内部指向型の人間のように、自己自身の内面的規範に従って生きることはできない。同輩集団の外部に依存すべき権威をもちえないからである。要するに、ここには「同調」が「逆立」を含み、「逆立」が「同調」を含むような心理構造がある。というのは、同調することは個人にとっては心理的安定を意味せず、むしろたえず不安定感にさらされていなければならないからである。

これは一般的に現在の権力の「柔構造」と対応するものといっていい。しかし、われわれは同輩集団の審判というようなかたちであらわれる習俗・社会心理的な黙契と、法的な禁制とを明瞭に分離して考えなければならない。アメリカの社会心理学者はそれらを分離することができなかったため、どんな社会現象も行為も、エリック・ホッファーのように心理的アイデンティティの問題に還元して恥じるところがなかったのである。もっとも、それは「ブルジョア社会学」的観点だからではなく、新たな形態における習俗と禁制の癒着を意識的に分離しえなかったままでで、そのかわりすぐれた現実的考察を与えることができたのである。マルクス主義的イデオローグが、あいかわらず「国家揚棄」とか「反スターリニズム」をたんなる本質論としてのみあげつらっているのとはわけがちがう。大体この種の連中のほとんどは、十年前には日共という伝統的な黙契と禁制の癒着した組織の下か周辺で体裁のいいことをいっていたのだし、あるいは「真の前衛党の確立」などと称して類日共的組織に加担したにすぎないのだ。

そこで、今日の新左翼的なファクションは、「伝統指向」的な黙契と「他人指向」的な黙契が結合した排他的集団たらざるをえないのである。

われわれにとって思想的課題となっているのは、依然として存続する旧来の「黙契と禁制」の意識的な分離であるばかりでなく、それとは別の、しかもそれと密着して生じてきている新たな「黙契と禁制」の意識的な分離である。

過渡期にあるため、われわれはその両者を識別することも実は困難である。しかし、アメリカの政治・社会学ですら、「南部」の問題を捨象した理念型を対象としているので、われわれが複雑な課題を負うていることはむしろ当然といわねばならない。

現代批評の陥穽——私性と個体性

1

「思想を感覚によってじかにとらえることや思想を感情につくりかえること」ができなくなったのは一七世紀前半であり、以来その「感受性の分裂」は「現在に至るまで回復していない」と、T・S・エリオットは書いている（『形而上詩人』）。

F・カーモードが「『感性の分離』論」でエリオットに反論しているのは、「感性と知性の分離」という事実についてではない。それは誰も否定しえないことであろう。ただ、たとえばその分裂の時期を「一七世紀前半」に想定するということの恣意性が問題であり、ダンを評価すればミルトンを貶めざるをえないといった恣意的基準が問題なのである。

悪くすると、このような表現は、自分はどのような詩人が好ましいかを言いあらわす手段でしかなく、お気に入りの詩人たちに歴史という飾り物をまとわせてやることでしかなくなる。

（「『感性の分離』論」『現代批評の構造』所収」）

カーモードは、エリオットは「イメージというものが現在よりもたやすく受入れられ、認められていた時代が過去に実在したという仮説」に立脚しているのだ、という。

ここで重要なことは次のようなことである。エリオットが述べているような「イメージ」は、単に視覚的・記憶的イメージではなくて、インテグラルな感覚をさしていること。いいかえれば、イメージはそれによって人間存在のインテグリティをとりもどすものという意味に用いられている。したがって、いついかにして人間存在のインテグリティが損われたのかはたいした問題ではないはずである。

しかるに、「いついかにして」という問いの結果として、われわれは無数の、しかも恣意的な解答を見出すのである。「分裂」以前のインテグラルな人間はどんなものだったか。いわく、エンゲルスの「原始共産社会」、エリオットらの「中世」、ハイデガーの「ギリシヤ初中期」、マクルーハンの「聴覚的人間」、レヴィ＝ストロースの「野生の思考」……。

これらの見解が分れるのは、のちに述べるように、第一に人間存在をどういう抽象レヴェルでとらえるかという相違に発しており、第二にその結果としていつも「歴史という飾り物をまとわせようとする」ところに発している。しかしいずれも何かインテグリティが損われているという実感に基づいており、それだけは共通なのである。が、「インテグリティ」がそれぞれ何であるかについてただちに意見が分れるのだ。

カール・マルクスはこれを次のように考えていた。

人間は彼の全面的な本質を、全面的な仕方で、したがって一個の全体的人間〔ein totaler Mensch〕として自分のものとする。世界にたいする人間的諸関係のどれもみな、すなわち、見る、聞く、嗅ぐ、味わう、感ずる、思惟する、直観する、感じとる、意欲する、活動する、愛すること、要するに人間の個性のすべての諸器官は、その形態の上で直接に共同体的諸器官として存在する諸器官と同様に、それらの対象的な態度において、あるいは対象にたいするそれらの態度において、対象〔をわがものとする〕獲得なのである。人間的現実性の獲得、対象にたいするそれらの諸器官の態度は、人間的現実性の確証行為である。すなわち、人間的な能動性〔Wirksamkeit〕と人間的な受動的苦悩〔Leiden〕とである。なぜなら、受動的苦悩は、人間的に解すれば、人間の一つの自己享受だからである。

（しかるに「疎外された労働」の社会では）だからすべての肉体的・精神的感覚〔Sinn〕

にかわって、そうしたすべての感覚の単純な疎外、所有〔について〕の感覚が現われてきた。

（『経済学・哲学草稿』）

要するに、マルクスは、インテグラルな「もろもろの肉体的・精神的感覚」が、抽象化された「所有」の感覚に還元されてしまうというのだ。マルクスの考えの延長線上に「想像力」をとらえるとすれば、それはある一定の歴史的社会の水準において、潜在性としてあるインテグラルな諸感覚（本質諸力）を想像的に感受することにほかならない。われわれはひとまずこのことを確認しておきたい。

抽象レヴェルを異にしているが、先に述べたような諸々の思想家・文学者は、「すべての肉体的・精神的感覚」が、たとえば単一の感覚すなわち「視覚」によってのみとって代わられたというのである。視覚の優位とは、いいかえれば眼で「所有」すること、主観による客観の「所有」といってもいい。エリオットのいう「感性と知性の分裂」は、こういう「所有」の感覚によって生じたものということができる。つまりそれらは人間のインテグリティの疎外をある抽象レヴェルでとらえたものにほかならない。「視覚の優位」と「私有制」とは、因果関係にあるものではなく、また無関係のものではなく、現実をとらえる抽象レヴェルが異なるだけである。

マルクスが「私有制」の揚棄を考えたように、彼らは各々芸術表現における「私性」あるいは「個性」を否定し、無名性を主張する。表現において語っているのは「私」ではなくて、たとえば「個性を超えたもの」（エリオット）であり、「存在」（ハイデガー）、「潜在的システム」（フーコー）、「存在の不在の奥底に存在する存在」（ブランショ）、「私ではなくなった〈私〉」（ソレルス）である。いずれの場合も、「書く（語る）」ことの「私有性」を排撃しようとしているのだといってもいい。

私がこういうことを最初に書いておかねばならないのは、「様々なる意匠」が特に対立しているのではなく、ただ人間存在をとらえる抽象レヴェルが異なるだけだということを指摘したかったからである。本質的なことは、ただ想像力が潜在的なインテグリティを現存的に、また現存的水準において感受するということだけである。そして、それはわれわれの陥っているさまざまな「私有性」を揚棄するかなたにのみ実現されるだろうということだけである。

その他のことは、たんに私有性を、あるいは人間存在をどういう抽象レヴェルでとらえるかという問題でしかない。たとえばマルクスとハイデガーの違いは、人間存在を労働か性といった具体性を含んだ表出（生産）としてとらえるか、言語の表出としてのみとらえるかの違いにすぎない。もとより、いかに高度な抽象レヴェルで人間の問題を把握したとしても、そこに最も具体的な存在としての矛盾や疎外の問題が凝縮して投射されざるをえない。したがって本来的にはこれらの諸見解は対立を含んでいない。対立はむしろこの抽象レヴェルを混同するところからくるのである。

しかしある人間にとってすべてが言語や観念の問題とみえ、ある人間にとっては実生活の諸問題とみえるのはなぜだろうか。これはたとえば「文学と政治」とか「文学と二十億の飢えた人間」（サルトル）のように、対置させたり短絡させたりすべき事柄ではない。結局ある人間にとって実生活の諸問題であるものが、他の人間にとって言語や観念の問題に映じているのであって、前者に解決がなければ後者にも解決はないのである。

わずかの詩形式の変化の底には尨大な社会構造の変化が横たわっている、とかつてエリオットはいったことがある。にもかかわらず両者には直接的な因果関係はない。しかし、言語について論ずることは、人間存在の総体的な問題を高度に抽象化されたレヴェルで扱うことにほかならず、だからこそ結果的に一致せざるをえないのである。

それゆえ留意すべきことは、われわれのとる抽象レヴェルが、人間存在のあらゆる位相の具体性をどこまで包摂しており、またどこまで抽象しているかをたえず自己検証することである。たとえばハイデガーの「現存在」は、男でもない女でもない抽象的人間であるが、いったい「性」を捨象した人間存在の把握によって、人間をとらえることができるだろうか。こういう反省が不可欠なことは自明である。

とはいえ、その結果としていろんな抽象レヴェルの人間把握を継木したり挿木したりしてはならない。ある抽象レヴェルのもの――たとえば存在論――はそれ自身の伝統をもち、またその枠内でのみ発展するので、他のレヴェルのものの継木や挿木を許さない。文学についても同様であり、むろん批評や文学理論も同様であって、それ自身の伝統のなかでのみ変革するほかない。「わずかの詩形式の変化」をもたらすのは個々の詩人の営為であり、「尨大な社会構造の変化」そのものではないように。

たとえば主観による客観私有性について、さきにも述べたように、分析主義（ベルグソンやフッサール）、ロマンティシズム（T・E・ヒューム）、「世界像の時代」（ハイデガー）といった批判があり、およそ思想家の数だけ批判の立場がある。もとよりそれらの総合化はまったく無意味な試みにすぎない。実存主義もマルクス主義もただ抽象レヴェルが異なるだけである。つまりマルクスもまたある抽象レヴェルにおいて人間をとらえようとしているからだ。

それにしても、このように抽象レヴェルの異なる——動物と犬とブルドッグのように——ものを総合化しようとしたり、互いに他を排斥しようとする試みがあとを絶たないのはなぜだろう。あるいは、単なる一つの抽象レヴェルをもって全問題に答えたかのごとく考える宗教的な誇大妄想があとを絶たないのはなぜだろう。まことに笑止というほかないが、それは、彼らが彼ら自身の生活において自ら何を抽象して存在しているか、抽象することによって何を失っているか、あるいはそれを失うことによってもひきかえられるものをもっているか、というような自己検証を欠いているからである。つまり「知」の根底における自己批評を欠いているからである。

このような「批評」を欠落した批評理論は私にとって愚劣なだけだ。対立とみえるものは真の対立ではない。それが対立とみえるのは、たやすく自己の抽象レヴェルを他のレヴェルと混同するからである。そしてそこには必ず現実的な利害が間接的に投影されている。文学者と社会科学者の対立は、マルクスがいったように自己の職業を至上物とみなすところからきている。

要するに、ある理論が一貫した抽象レヴェルでつらぬかれている場合には、実のところ、それに対する批判は二通りしかありえない。抽象化することそのものが誤っているか、あるいはその抽象レヴェルでみた場合にも誤りがあるか、である。これ以外の批判はとうてい批判にはなりえないので、ある抽象レヴェルに対するに別の抽象レヴェルをもって批判することは空虚である。

だが、われわれは畢竟何らかの抽象化（知識化）をまぬがれないのであって、もっとも根底的な批判は抽象化そのものを否定することである。マルクスが哲学に対してなそうとした解体はまさにこのことであり、それは彼がふたたびある抽象レヴェルで語ったということと矛盾しない。われわれはつねにこの解体志向を現存的にふまえていなければならない。それは「知」そのものの自己批評だからだ。しかる後に、われわれは「様々なる意匠」の解明に旅立つことができるのである。

2

最初に私は「イメージ」の問題から論じたいと思う。イメージのなかには、世界との対象的（私有的）関係を突破する性格があるということができる。けれども俗にいわれるイメージは、たとえば山や湖のイメージを浮べるといったふうに、やはり客観物とみなされている。こういう通俗的な見解が流布しているところでは、想像力論はたかだか空想力一般を論じているだけである。つまり知覚における主観—客観関係は、この場合想像における主観—客観関係におきかえられているにすぎない。もしもイメージが知覚における対象性（主客関係）をのりこえるものだとすれば、想像における対象性をものりこえるものでなければならないはずである。すると、われわれは普通にいう知覚作用とも想像作用とも異なるところに「想像力」を見出さねばならないであろう。前もっていえば、おそらく知覚と想像の基底は同じものであって、普通にいう知覚や想像はもともとそれによってのみありうるのだといえる。そしてそれは言語と直接にかかわりがあるということができよう。たとえば言語をもたない幼児は、普通にいわれる知覚も想像ももちえないからである。

普通にいわれる心象（イマージュ）は、単なる知覚対象の模写（アナロゴン）にすぎず、記憶像にすぎない。サルトルはこういう視覚的な記憶像をあたかも本質的な想像であるかのように錯覚する者に力を貸したといっていいかもしれない。彼は意識の志向性の様態としてしか知覚と想像力を区別しなかったのである。

ミシェル・フーコーはサルトルを批判して次のようにいっている。

心象が現われてくるのは、想像が頂点に達したときでなくむしろこれがやんだときである。（……）そして心象をもつことは、想像することを放棄することである。

たとえ想像が心象の世界をめぐるということが真理であるとしても、それは、想像が諸心象を保証し総合するという意味ではなく、想像が心象を破壊し、滅ぼすというほどの意味でしかない。想像は、本質的に心象破壊者である。真の詩人は、心象を完成しようという欲望を拒絶する。想像の自由が、かれに拒絶の任務を課するからである。（……）詩的想像力の価値は、心象の内部的破壊の力に比例する。

（「ビンスワンガー著『夢と実存』への序論」）

要するに、フーコーは想像力を自発的な概念作用においているように思われる。たとえば、われわれが夢の出来事を不条理だと思うのは、すでに心象に堕した記憶としての夢にほかならないからで、夢という想像力の現場では、われわれは明らかに了解していたのである。むしろそれは心象ですらない。例えば「邯鄲(かんたん)の夢」のたぐいや、墜落する数秒間に全生涯をパノラマのごとく見るといった話は、実際は記憶像として語っているので、その瞬間にはただ「了解」していただけである。また夢のなかで概念的に何もかもわかったような気がしたのに醒めるとすぐにそれを忘れてしまうことがある。結局夢のなかでは了解しただけであって、それが心象となるか概念的なものとなるかは、個人の資質（つねに色彩夢をみる者の場合のように）やそのときおりの偶然の問題にすぎない。ちょうどわれわれがある詩をよんで「わかった」と思う場合、それがイメージとして残るか概念的なものとして残るかは、詩の「了解」には無縁であるのと同様である。

めんどうだが、例をあげてみよう。

(イ) むかし昔、ある大きなこんもりした森のまんなかに古いお城がありました。お城のなかに魔法つかいの婆さんがたった一人で住んでいました。昼間は、婆さんは自分の姿を猫やふくろうに変えました。そして、晩になるとまたあたりまえの人間のかたちにすることにしていました。

（『グリム童話集』）

(ロ) 風景の色調についての覚え書……。テンペラ画の長い連続。レモン油に濾されてきた光。赤煉瓦の粉をいっぱいに含んだ大気――あまくかおる赤煉瓦の粉と、水で渇きをいやした熱い舗道の匂い。大地にしばられたまま、ほとんど雨を降らせることもしない、湿った軽い雲。このうえに埃りの赤、埃りの緑、白く濁った藤色、水にといた深紅色をほとばしらせるがいい。夏になると、海の湿気が大気に軽くワニスをかける。すべてのものがゴムの膜のしたに横たわる。

（ロレンス・ダレル『ジュスティーヌ』高松雄一訳）

ためしに私は十五歳の少女にこの二つの文章を読ませてみたが、当然彼女は(イ)に自由自在な色彩的な空想を喚起させられており、(ロ)については具体的なイメージを浮べることはよほど注意しないかぎり困難であるといった。これはイメージについての誤解を解くのに都合のいい例である。わざわざ私がダレルを引用したのは、彼が次のように自己暴露しているからである。

ダレル　僕の大きな欠点のひとつは、視覚の欠けていることです。たとえば、ギリシヤの島であれほど陶酔して書いた野生の花のどれひとつとして、僕には思い出せない。図鑑などでしらべなければならないのだ。ディラン・トマスがいつか話していたけれども、詩人たちは二種類の鳥しか見わけることができないそうだ。ひとつは駒鳥でもうひとつは鷗。ほかの鳥はやはり図鑑をひいてしらべなければならないそうだね。だから視覚に欠けているのは僕だけではないということになる。僕はしょっちゅう自分の印象をチェックしなければならない。

記者　それにもかかわらず、あなたは画家でもあると聞いていますが。

ダレル　そう、だが、ヘボ絵描きだよ。

記者　でもあなたは非常に視覚的な想像力をおもちだと思っていたのですが。たとえ、ものを正確に覚えていらっしゃらないとしても、少なくともあなたはとても生き生きとそれを想像していらっしゃる。

ダレル　それが僕のペテン師的な才能なんだと思うよ。

（『作家の秘密』所収、高松雄一訳）

これは別にペテンではない。「詩はことばで書くのだ」（マラルメ）ということ、想像力は記憶心象と関係がないことを示しているだけである。のみならず、これは、いったん書かれたことばが、どれだけ恣意的なイメージを喚起するか、そしてそれがいかに作家の偶像すらつくり出してしまうか、といったことの好例である。

外山滋比古は、この点について、イメージの世界にうつるプロセスに、現実の世界がそなえている自然の色彩を「白黒化する作用」、「単色化する作用」が潜んでいるのではないかという。もっともこれは統計的な結論にすぎないので、イェンシュのいう直観像の持主も女や子供にはかなりいるのである。

問題は、われわれが実際に見、聞きしている世界と、想像の世界、すなわち心象の世界とが、質的に違うということである。イメジの世界に立脚して生れる表現は、当然、現実世界そのままの生き写しにはならない。両者には距離がある。しかし、その距離は、時代や社会によって変化し、一様ではない。

日本人が、より多く「渋い」色を好むのは、何も原色に対して、盲目であったり、原色を怖れたり、それを拒否するからではない。むしろ、表現を現実から大きく離して、高度の象徴を行い、地味な表現の中にある、わずかな変化を鑑賞することに喜びを見出しているのであると考えられる。モノクロームが尊ばれるのは、原色からの逃避ではなくて、原色の征服である。

（「読者の方法」『修辞的残像』所収）

日本の近代小説のほとんどが、ある「渋さ」によってつつまれているように見えるのも、おそらくこのためであろう。谷崎潤一郎もまた「原色」からこの「渋さ」（陰翳礼讃）に到達した。しかし近代主義的な批評家のように、そのような「渋さ」が想像力の欠如によるなどというにいたっては、はなはだしい見当ちがいである。日本人の感性は、独特の成熟によって「原色」を抽象しうるようになったのだから。そして、ある種の「私小説」が高度の修練を要するような知覚力を示していることは疑いようがない。墨絵的な作家はカラフルな空想力をもたなかったのではなくて、むしろそれに価値を認めなかっただけである。

エドマンド・ウィルソンは、一八世紀以前のヨーロッパの作家たちは視覚的描写になんら関心を払わなかったという。たとえばシェイクスピア劇の観客たちは、バルザック的な描写をまったく必要としなかった。いいかえれば、視覚的描写が必要になればなるほど、われわれのインテグラル・イメージは衰微し分裂したのである。

つまりそれはこういうことである。想像的次元でいえば、それがますます対象（化）的になったこと、それが原初的にもつインテグラルな統合性がたんに対象的な記憶像に堕してしまったことである。それは知覚の次元でも生じている。すなわち想像も知覚も今日ではただものを見たり思い浮べるといった程度にしか考えられていないのである。

しかしものを見るとは、たんに知覚することであるはずがない。たとえば小林秀雄が『真贋』に書いている話だが、彼は一つのつぼを前にして一目で見ぬいてやろうとしたのである、が、熟練の骨董屋がそのつぼを一目見る見方と、小林秀雄が熟視する見方とはどこが異なっているのだろうか。こういう場合、われわれはたんに見ているのではない。そこにはなんらかの概念作用がはたらいていなければならないはずである。むろんそれは概念とは異なっており、おそらくただ「わかった」としかいえないであろう。ただし「わかる」ということ、この了解が概念作用に基づいていることはたしかである。

吉本隆明はこれを「時間化」と呼んでいる（『心的現象論』）。小林秀雄がとぎすまそうとした知覚力は、つぼを見るということでも、そこからサルトル的に想像することでもなくて、その知覚的な受容（空間化）を、高度に時間化（抽象化）することにほかならなかった。よくいわれることだが、ピカソと山下清を距てるものは、むろん知性の差異ではあるが、とくにそれが視覚の時間化度において差異を生み出すからである。音楽や絵画においては知覚が修練を要するということをだれも骨身にしみて感じているにもかかわらず、文章においてそれを痛感しないのはなぜなのか。このような知覚力を、お望みなら想像力と呼んで一向さしつかえないのである。なぜならこのときわれわれは、たとえば骨董品をたんなる対象物として見ているのではないからである。

想像を知覚に対立させることは、むしろ近代的なできごとであって、エリオット流にいえば、そのことによって、インテグラルな感性と知性の統合性がうしなわれたのである。アンチ・ロマンがめざしているのは、ある意味では、このような知覚の高度な抽象化であり、ある意味では想像力の根源性を保つことである。結局それは同じことなのだが。

いったいに、われわれは「修練」とか「洗練」という肝心のことを無視して語りたがる。エドマンド・ウィルソンは、当然ながらこのことを忘れていない。ウィルソンと同じくサント・ブーヴの影響をうけた小林秀雄もつぎのように書いたことがある。

近頃印象批評といふものがはやらなくなつたが、僕は相変らず、この批評方法に尊敬を払つてゐる。ブルジョア文化の爛熟期の産物であるこの批評方法には、文化が爛熟してはじめて現れる一つの健康な性格がある。それは言ふまでもない事だが印象と批評の間に、人々を不安にする隙間がないといふ性格で、人々が隙間に気がつかなかつたからさうなつたのではなく、隙間を必要としなかつたところからさういふ批評方法が生れたのである。批評方法がいよいよ精緻を極めた果てに現れたこの批評方法の極く当り前な姿を、新しい批評方法論について心労する批評家等は忘れ勝ちなもので、それと言ふのも彼等の論議の声は、文壇といふものを離れてさう遠いところまでとゞくものではない事を忘れ勝ちなところから来る。（「新人Xへ」）

重要なことは、この「印象」がなんらかの質をもっていることであり、それゆえ修練を要するということである。むろん、だからといってわれわれは、そこからひきさがる必要はない。この「印象」は、I・A・リチャーズのような心理主義的分析ではまったく個別的なものでしかない。が、この個別的な「印象」がなんらかの共同性を帯びてくる過程と、そしてその「印象」の共同性が何によるのかといった問題が、理論にとっての課題なのである。印象批評は他のどんな批評方法とも対立するのではない。それはあらゆる批評の基底である。したがって理論が「印象」を解明したとしても、それだけてっとり早く作品との「隙間」を埋めることができるわけではない。ただ「精緻をきわめた批評方法論」が、まったくこの点を没却してきたことを指摘したいまでである。たとえば私は、クレアンス・ブルックスのようなまさに「精緻をきわめた」ニュー・クリティックよりも、やや古くさいところがあるウィルソンの鑑識眼をどの位信用しているかわからないのである。

　さて、ミシェル・フーコーが想像力の問題をサルトルとは反対に「夢」の考察からはじめたことは、非人称性の問題につきあたらせた。夢のなかでは、私が私でなくなったり、他人が私であったりすることがある。すなわち夢のなかでの主体は私ではないのだ。また、他人や風景も私の客体なのではない。そう思われるとしたら、記憶像としての夢だからであり、それゆえ夢はきわめて不条理なものに思われるのである。

　それでは夢の主体はなにか。あるいは想像力を夢から類推してみたとき、想像の主体はなにか（知覚の場合も同様である）。実際もろもろの哲学が分れるのはこの問いにおいてである。一般者あるいは無（西田幾多郎）、自然あるいは対象的本質（マルクス）、理念あるいは時代精神（ヘーゲル）、存在あるいは根源的構想力（ハイデガー）……等々。これらは、人間の主体がいったい何なのかという問いに対するさまざまな解答の一部であり、主体は私であるという考えをヒューマニズムと呼ぶとすれば、アンチ・ヒューマニズムと呼んでいいのである。ひとはそれらのうちでお気に入りのものを選べばいい。お気に入りのもの、と私があえていうのは、さきに述べたように、人間をとらえる抽象レヴェルに応じて、その「非人称主体」は変わってくるからである。さらに、文学表現においては、「それ」を何と名づけようが一向構わないからである。

ところで、フーコーは、「それ」を「無名の思考」「潜在的なシステム」と呼ぶ。のみならず次のようにいう。

人は、ある時代の思考形態という無名で拘束力をもつ思考形態の内部で思考し、ある言語の内部で思考するのです。この思考形態とこの言語には、それなりの変化の法則がありります。今日における哲学や、先にあげたすべての理論的学問の任務は、この思考以前の思考、あらゆる体系（システム）に先立つこの体系を明るみに出すことです。それはわれわれの《自由な》思考が出現して、しばしのきらめきを見せる、その背景をなしているのです。

（「ミシェル・フーコーとの対談」）

これを読んで想うのは、「対象的類的本質」とか、「対象化」とか、わかったようでわからないことをいっていた当時のマルクスのことである。結局のところ、「システム」とか何とかいってもわかったようでわからないのである。マルクスはその後『資本論』を書き、そういうあいまいな表現を放棄してしまったが、同じ構造主義者でもレヴィ＝ストロースはもっと具体的なものに注目している。個別科学者は概して哲学者のようにあいまいな一般化に陥らないといえる。

　フーコーが「システム」としてとり出すのは、各時代の認識体系であり思惟様式であるが、これはいわば形を変えた思想史しかも西欧の思想史にほかならないのだ。

　中世人や古代人がどのように思考していたかは、ただ遺された文献類からしか推察しえない。そしてそれを遺したのは当時の知識階層である。つまり知的生産にたずさわらない広汎な大衆の思惟様式についてわれわれは知ることができないのだ。しかし柳田國男によれば、こういう「常民」の思惟様式は古来ほとんど変わっていないという。「中世的」とか「近代的」とかいった区別がつけられるのは、ただ知識階層とその影響下にある都市民だけであって、その他の大衆においてはほぼ古代的な思惟をそのまま連続的にひきずってきたと考えることができる。したがって思惟様式や認識体系が截然と変化するのは、知識階層の思惟においてだけである。しかしそれが変化するのは、知識というものが常に世界の自己解釈であるからであり、そこに全社会的規模における変容を抽象化しながら投影せずにはいないからである。

　ゆえにわれわれは次のことを区別しておかねばならない。どの時代でも知識によって生きる者は必ずなんらかの自己分裂、「感性と知性の分裂」をこうむらずにいないということが一つである。これは別のかたちでいえば知識層の大衆的存在からの遊離ということであるが、マルクスがいうようにこれは自然発生的な分業形態をしか意味しない。「知識」をこの次元で否定しようとすれば、単なる主観的な自己否定か倫理的な強制でしかなくなる。「知識」はきわめて抽象化された水準ではあるが、各時代と社会の「分裂」を集約的に表象するものである。むろんフーコーらがとらえようとしているのは、この水準での認識体系である。つまりそれは具体的な大衆存在の思惟様式をさしているのではなくて、知識水準に投影された全社会的構造の抽象物を意味している。

私はサルトルのように、フーコーが人間のもろもろの実践を無視しているなどと批判はしない。フーコーはただ知識の水準においてのみ、人間のもろもろの実践や変革の跡をみようとしているからである。いいかえればサルトルとフーコーでは抽象レヴェルが異なるというほかはない。さもなければ一般に思想史というものは滑稽この上もなくなるであろう。ハイデガーがソクラテス以来「存在からのよびかけ」をきけなくなったというとき、文字通り受けとればまったく滑稽な話になってしまう。文学の歴史もまた同様である。フーコーらは、したがって、カーモードが批判したような恣意的な懐古派ではない。「わずかの詩形式の変化」と「尨大な社会構造の変化」を媒介する「深層構造」を発見しようとしているのであって、サルトルのように「社会構造」の全体性を明らかにしようとしているのではない。

しかしフーコーらは、はたして「知識」そのものがその他もろもろの人間の営為の抽象的凝縮であること、したがってそれ自身個体的な実践を必要とするということをわきまえているだろうか。わきまえていれば「システムを明るみに出すこと」などという安易なことはいえないはずなのだ。なぜなら、「わずかの詩形式」を変えた少数の先駆的な詩人の個人的な営為をおいて、「システムが明るみに出された」ことなどありはしなかったからだ。

さきに述べたように、想像（知覚）主体は自我（主観）主体ではない。しかし「システム」とか「存在」とかいった主体が都合よく誰かを借りて語るのではない。そこには必ず個体的な実践がなければならないはずである。もとより基本的に社会構造や存在様式が変わらなければ、人間の知的水準における「システム」も変わりようがないし、それが前者によって暗黙のうちに規定されていることはいうまでもない。しかし人間の存在様式を変えるものが人間の個体的実践の集積であるように、知識レヴェルにおける変革は知識レヴェルにおける個体的な実践に基づくのである。われわれはこうした「個体性」の契機を捨象してしまってはならない。

3

第一章で述べたように、現存的にもろもろの「私有性」を感受する者は、なんらかのかたちで過去に理想を想定しがちである（例外は直接性を卑しみ現存ドイツ国家を理想化せんとしたヘーゲルだけであろう）。しかし私が相手にするのはただ、抽象的水準をつらぬいてかつての人間の思惟を考察する者に限られる。それ以外のものはどのように史実を用いても、恣意的な結論に陥るほかないからである。たとえばヨーロッパ人はしばしば中世と近代の裂け目を見出すことに奔走している。エリオットがそれを一七世紀前半に見出したのはいうまでもないが、一方で「中世」はどこまでも延び続け一八世紀にも存続するということもできれば、他方歴史家バラクラフによれば、「中世というものは存在しなかったのだ。それは三百年前のひとりの凡庸なドイツ人学者の着想にすぎなかった」（『転換期の歴史』）というまでに遡行されるのである。

つまりわれわれはインテグラルな思惟というものを、具体的な歴史過程に求めればほとんど恣意的な結論しか見出すことができないのだ。たとえばロラン・バルトは、古典主義時代（フランス）には、「文章がみんなにとって同一であり、無邪気な同意によって受けいれられて」いて、「そのときすべての著作家はひとつの心づかいをしかもっていなかった。それはうまく書くということ、すなわち共通の言語体を完成の最高段階へ、あるいは自分のいわんとすることとの合致へともたらすことだった」というふうに想定している。そこでバルトの理想とする「文章の零度」は、それの否定としての無名性の文学ということになる。

しかしこういう歴史的想定は恣意的なもので、「古典主義時代」から考察をはじめる必然性はどこにもないのである。バルトの主張には、現代の文学がブルジョア的な個性や私有性に浸潤されているということのほかに、普遍性は何もないのだ。

そしてこの種の批判は、しばしば私有性と個体性を混同しがちであり、そしてその結果としてたんにラディカルな理論を生むことになりやすいのである。いいかえれば「私有性」を排撃するあまりに、「個体性」をも否定してしまうということになる。さきに述べたように、「私有性」はさまざまなレヴェルにおいても見出しうるので、たとえばエリオットが私的な「個性」を否定しようとしたことはなんら不自然ではない。しかし、それが「個体性」の否定にまでいたるとき、文字通り反人間的であり、あるいはアメリカ南部での『異神を求めて』の講演におけるように、「文化の成熟にはユダヤ人のような個性は邪魔だ」というような反ユダヤ主義にいたるほかない。彼らが考えているような「無名性」の文学は、はたして個体性の否定によって実現されるであろうか。「無名性」とはいいかえれば共同性そのものと化すことである。しかし人間はまさに意識的存在であることにおいて、個体性と共同性の矛盾（原罪）のうちにあらざるをえないのである。したがって個体性を廃棄することは、人間を人間以上（以下）のものに変えてしまうことを意味するのだ。

政治学者平田清明は、マルクスは私有性と個体性を区別していたこと、そして彼は私有財産の起源と廃絶について考察したけれども個体性を消滅しうると考えたことはないということを文献的に実証している。むろんマルクスの書いたものは大概どうにでもとれるものであるが。「共産主義社会には画家などはいず、たかだか絵をもこのんでえがく人々がいるにすぎない」（『ドイツ・イデオロギー』）と、マルクスは書いている。つまり「画家」という私有性は揚棄されるとしても、「このんで絵をえがく」という個体性は解消しえないものだと私は考えざるをえない。のみならずマルクスの考えた「共産主義社会」は遠い将来のことであって、バルトのいうようにさしせまった問題ではない。

しかしマルクス主義者は一般に個体性をブルジョア性（私有性）と考えてきたし、文学の場合、作家主体は「個体性」として存在することを禁じられたのである。「政治と文学」論はここにおいてなされたささやかな抵抗にすぎない。が、フーコーらの場合、個体性の契機を否定しようとする点において、奇妙に類似した論理を生みだすのである。

それには根拠がある。なぜなら両者ともに、作品とは理念の外化であり、それがある特定の「世界史的個人」とか「天才」ともいうべき者によってなされる、というヘーゲル美学から発しているからである。フーコーの場合、理念の代わりに、「私をこえた〈私〉」があり、時代精神の代わりに、「各時代に潜在するシステム」があるといえばいい。ヘーゲルはいわば私と〈私〉を媒介するものを「理性の狡智」なる切札できりぬけてしまう。どのみち困難なことは、「理性の狡智」とか「現象即本質」といった表現でごまかしてしまう過程を論理化することであって、それをサルトルのように「弁証法的理性」とか「全体化作用」といってしまえばまた問題は簡単になるであろう（文学批評家としてのサルトルはもっと慎重であるが）。歴史は結果においてその本質を示すとは、ヘーゲルのことばだが、それはちょうど価値評価の安定した文学作品だけを分析する多くの新批評家の態度に似ている。もしいったん創作の現場や批評の現場におりたてば、こういう「本質直観」なるものがいささかもあてにできないことがわかるだろう。

『資本論』のマルクスは、価値と価格を区別し、現象するのはただ価格だけであり、にもかかわらず結果として価値を実現するということを、競争というプロセスにもとめるほかなかった。とはいえこれは宇野派の好意的解釈で、マルクスの叙述は最初から内在的価値を前提しているために論理としては混乱をきたしている。しかしこのことは文学の価値と価格を考える上で、ヒントになるかもしれない。たとえばフーコーらは、「システム」の内在を前提しているが、それがあらわれるプロセスについては語らない。実際構造主義者になればそれは可能だといわんばかりで、マルクス主義者であればいい作品を書くというのと似たりよったりである。文学創造の現場を動かしているのは、そういう主義主張ではなくて、商品生産と同じ競争であるといった方がよほどましである。一回的であり個体的である表現を共同的な「構造」にするのは、実際私的な競争にほかならないのである。考え方を変えたところで傑作を生むという保証はどこにもない。ソレルスがこういうつもりで書いたといっても、そんなことは作品の「価値」を保証するものではない。私の予感では、いつかアンチ・ロマンなるもののいくつかが時の濾過を経て残るだろうが、それをアンチ・ロマンとか構造主義と結びつけて読む者はあるまいと思う。ちょうど梶井基次郎をなにかの流派と結びつけて読む者がいまどきいないように。

ノースロップ・フライは、フーコーのいうような「システム」を、「原型的枠組」(*archetypal framework*) と呼んでいる。むろんそこには明らかに違いがある。構造主義者にとって「体系」は史的なものであり、したがってそこでの問題は、「体系」そのものの史的移行・変動を通時的機軸によらずに基礎づけることにある。そしてそれは「個体性」の契機を捨象したためにつねにアポリアに直面するほかない。なぜなら、ヘーゲルのように理念の自己展開といった説明でもしなければ、「体系」がどうして自ら変わっていくのか説明できないからだ。しかしフライのような「原型」論者の場合、最初から「原型」は超歴史的なものと考えられているのである。

フライにとって批評は、ある作品を文学全体を支える図式的構図のコンテクストのなかで考察することにある。彼の努力は文学総体のカテゴリー的分類に向けられている。そしてその分類はアングロ・サクソン的経験主義によって比類なく綿密をきわめている。彼にとっては、個々の神話を神話体系のなかに位置づけるように、個々の文学を文学全体を支配する体系のなかに位置づけることが課題なのである。

たとえばある個々の作品に意義があるとすれば、それは「原型」を再現したということではなく、そこにその時代と個人に固有の *something* を加えたことにあるといった批判は、むしろフーコーらに向けるべきものであって、フライはそれ自体が「原型」による再創造だというであろう。フライが対象としているのは、歴史にひそむ共時的構造としてのシステムではなくて、超歴史的に存続する人間的条件だからである。したがってわれわれはそれを「集合無意識」といった便利な仮説に依存することなく検討してみなければならない。

結局問題は、人間の存在様態の、歴史を通じて、いいかえれば人間的実践を通じて変容した部分と変容しない部分をいかに区別するかということにあるように思われる。マルクス的にいうと、人間の社会的諸関係はどのように変わったか、にもかかわらず根源的にはどのように変わらなかったかという設問になるであろう。マルクスはこのことを次のように述べている。

けれども困難は、ギリシャの芸術や叙事詩がある社会的な発展形態とむすびついていることを理解する点にあるのではない。困難は、それらのものがわれわれにたいしてなお芸術的なたのしみをあたえ、しかもある点では規範としての、到達できない模範としての意義をもっているということを理解する点にある。

おとなはふたたび子供になることはできず、もしできるとすれば子供じみるくらいがおちである。しかし子供の無邪気さはかれを喜ばさないであろうか、そして自分の真実さをもう一度つくっていくために、もっと高い段階でみずからもう一度努力してはならないであろうか。(……)しつけの悪い子供もいれば、ませた子供もいる。古代民族の多くはこのカテゴリーにはいるのである。ギリシャ人は正常な子供であった。かれらの芸術がわれわれにたいしてもつ魅力は、その芸術が生い育った未発展な社会的段階と矛盾するものではない。魅力は、むしろ、こういう社会段階の結果なのである、それは、むしろ、芸術がそのもとで成立し、そのもとでだけ成立することのできた未熟な社会的諸条件が、ふたたびかえることは絶対にありえないということと、かたくむすびついていて、きりはなせないのである。

(『経済学批判』序説)

俗に「マルクス主義的批評」といわれるものがマルクスとかかわりがないということはこの一文によっても明瞭であるが、この「困難」に与えたマルクスの比喩的な解答はもちろん不十分である。個体発生と系統発生を比喩的に同一視することは、とくにユング派の場合著しいのだが、それはあくまで比喩でしかありえない。そしてこの比喩はしばしば危険な誤解を招きがちである。

私の考えでは、たとえマルクスのいうように社会的形態に焦点をしぼったとしても、そこにわれわれの社会的形態との普遍的な共通要素を見出すことができるのである。たとえば折口信夫のいわゆる「貴種流離譚」は、「貴種」（王子とか高貴の者）がいったん下降し、どん底から上昇するというパターンである。これは世界の民話、叙事詩、キリスト神話にみられるだけでなくて、今でもメロドラマやヤクザ映画にほとんど自動的に再生産されている。こういうことがあるのは、古来現実の社会的構成が基本的に変わっていないからである。変わったのは、「貴種」がその時代に応じてさまざまな名称でよばれ、またさまざまな生産力の発展度を投影している面だけである。

では何が変わっていないのか。それは、人間が意識的存在であることによって強いられるもろもろの関係性、すなわち自己自身との関係性、性的な関係性、他者ないし共同性との関係性がかたちづくる構造である。

たとえば、「われわれはどこからきてどこへいくのか」といったギリシヤ悲劇的問い、また「私はなぜここにいてあそこにいないのか」といったパスカル的問いが普遍的なのは、自己自身との関係性という点において、古来変わるところがないからである。

まずわれわれがどこまで自己を意識化しうるかを考えてみよう。かりに私がいま机に注意を向けたとき、実はわたしはすでにそれを心的に受容している。つまり意識的にそれに注意する以前に、すでに心的に受容しているのである。もとより心的に受容しているのは机だけではなく、その上にある本もかばんも、さらにあらゆる音や匂いもそうなのだ。意識するしないにかかわらず、われわれはすでに心的に存在している。ヘーゲルが『精神哲学』に書いているように、われわれの意識はあたかも心的構造とは独立したかのようにそれを対象化することができる。私は机を見ている。が、「机」という概念に至らぬ間は、それはぼんやりとしたひろがりでしかないし、結局私はそれを見ているのではない。ところが、われわれはこれを主観が客観を見るというふうに解するのである。ニーチェはこれを認識論の「遠近法的倒錯」と呼んだ（『権力への意志』）。

つまりわれわれがすでに心的に存在していることにふと意識を向けたとき、すでに「ここにいてあそこにいない」という。また「どこからきたのかここにいる」という不条理性を発見せざるをえないのである。この不条理を解くことが形而上学への入口であること、つまり「理性の越権行為」であることは、いうまでもなくカントの『純粋理性批判』のはたした批判にほかならない。「世界に始まりがある」というテーゼと「世界に始まりはない」というアンチ・テーゼはいずれも成立し、したがってアンチノミーに陥るというふうに。

しかし「越権」を自制すべきなのは哲学者だが、われわれはそのままで、つまりそういう不条理のままではたえられない。たえず問いをくりかえし、そしてなんらかの想像的解答や宗教的回心あるいは遁走を求めるのである。

これは自己関係性という面からみた場合の、われわれの「原型」的な問いかけであり、現代文学(サルトルの『嘔吐』など)もまたこの問いをくりかえすほかないのだ。フライのあげているいくつかの原型パターンは、ここから解釈されるはずである。

また個体性と共同性の矛盾をめぐって生じるいくつかの原型がある。おそらくこれはどういう歴史的な社会段階を問わず、現存的に存在するものである。

私はここではくわしく述べる余裕がないのでこれ以上述べないが、いま明らかなことは、フライのように「原型」を分類し、現代の作家がそれを再創造するというふうにスタティックに問題をとらえてはならないことである。われわれは常に現存社会段階や秩序のなかで、自らそれを発見し、自ら格闘しながらその想像的解決をめざすほかに、どういう「原型」をも実現しえないのである。ギリシヤ悲劇を読み、聖書を読むとき、われわれは現存社会の構成と秩序のなかにそれを翻訳しなおすという個体的行為を経なければ、ばかばかしい話を読むだけなのだ。

いいかえれば、フライにもまた「個体性」の契機が完全に欠落している。ジャンルの分類が精密をきわめているのは、ある重大な一点に目をつぶった結果得られる気やすさからである。私はフライの壮大な分類を見るたびに、フッサールが「意識を自然化した」分析的自然主義の所産を「怠惰な努力」とか「熱心な怠惰」と呼んだことを想起せずにはいられない。

「個体性」を捨象しえない理由はたとえば次のようなことである。われわれの空想や白昼夢を観察してみると、それがはなはだ「原型」的であることがわかる。また神話、童話、民話、あるいはそういう「限界芸術」(鶴見俊輔)はほとんど「原型」的なのである。しかしフーコーがいうように、空想(心象)とは堕落した想像力である。そこで、このような「原型」はむしろ想像力とは無縁であるということがわかるのである。いったい神話はただちには文学芸術ではありえない。神話を文学芸術にするのは、それでは何であるか。

フライが主要な立脚点とする聖書について考えてみよう。新約聖書はただ単に遍在的な原型を示しているだけであろうか。マルコ伝とマタイ伝を読みくらべてみればわかるように、そこには福音書記者たちがそれぞれその時代に当面した問題意識が歴然と表現されているのだ。マルコ伝の書記者は、パリサイ派よりは十二弟子への批判を強調することによって、当時のエルサレム教会の権威主義的傾向を批判している。つまり福音書は、明白な批評意識に根ざした文学であって、そういう志をぬきにして読めばキリスト教などただの神話でしかなくなってしまうのだ。実際新約聖書は元をただせばほとんど旧約やその他の神話からの剽窃でうずまっているのだから。フライの批評ではマルコ伝とマタイ伝の重大な相違をみきわめられまい。

また『エディプス王』は、なんら「原型」的なものではない。それはすでに実在する神話的な伝説のなかから、悲劇作家たちが彼らの生の不条理性と自己確認について意識的な照明をあてるために抽出したものであり、したがって、ソフォクレスの個体性をぬきにしては考えることができない作品である。一回性あるいは個体性が欠落しているかぎり、それは「想像力」ではありえないのだ。この考察を欠いているため、フライの批評は、われわれが最初に提起した想像力の問題から逸れて、経験的な分類マニアになってしまうほかないのである。要するにフライは「想像力」の屍体あるいは形骸を拾集するマニアにすぎない（もっともマニアックな情熱が何かを生みだすことはたしかであって、私はフライの分類を全面的に再検討する必要はあるだろうと思っている）。

ここで私はシュールレアリスムについて付言しておきたいと思う。一般に、個体性はシステムとかラングといった共同性（共同規範）と逆立するものだから、後者があらわれるためには個体性は死滅せざるをえない。ある人間があたかも共同的な「システム」を語るときには、実は仮死状態ないし神がかり状態なので、巫女が神がかりになる過程で身をあがき苦しむのはそのためである。詩作者が抱く体験もいくらかこれに類似しているし、多かれ少かれそういう衝迫を抱かぬ文学者はあるまい。しかし、シュールレアリストの場合はむしろそれを「方法」としているのである。

いったいシュールレアリストのオートマティックな「お筆先」がまともな詩を生んだことがあるだろうか。それは作品を生むよりは、一種宗教的な運動を生みだしただけである。つまりそこには何かが欠落しているのだ。おそらくそれはあまりに性急に「個体性」を抹殺しようとするところからくる。いいかえれば、さめた意識性を廃絶し「神がかり」になることを「詩的」とみなすところからくるのだ。私は催眠術にいささかの修業をつんでいるので、こういう方法がにせものであることをよく知っている。

> 語、調、比喩、思想の転換、調子の転換なぞが何たるかもしらず、また作品の永続性の組織も、作品の存在理由も何ら心得ず、わずかになぜ書くかということを知るのみで、いかにして書くかについては何も知らずに書くというは、なんという恥ずかしいことだ！　巫女の役目は恥ずかしいと思うべきである……。（『文学論』、傍点筆者）

　このヴァレリーのことばはシュールレアリスムに対して書かれたものとはいえないが、おおいに妥当するところがある。オートマティック・ライティングはきわめて易きにつく方法であり、心得があればだれにでもできることである。それは「個体性」を「共同性」に短絡的に同化させようとする安易な方法であり、いいかえれば「私性」（ブルジョア性）を性急に否定するあまりに「個体性」を性急に否定しようとすることである。

したがってこの運動が一つの宗教運動の代理物のようになったのは当然である（神の代わりに、潜在意識が崇拝される）。実際に作品をのこさなかったのに影響だけは大きかったといわれるのも当然である。この運動は『反解釈』の著者ソンタグが推賞する「ハプニング」のなかにも影響をとどめている。「ハプニング」は急進主義の抱く夢想であって、やはり私性と個体性を同一視して否定している。それゆえ一種の宗教運動にとどまらざるをえないのだ。

こういう運動や影響のしかたは、やはり個体性を性急に抹殺しようとしたマルクス主義的芸術運動にいろんな点で類似している。しかしどういう理論や運動のもとでも、作家はただひとりで書かねばならず、おそらく少数のすぐれた作家は意識するせざるにかかわらずそれらの理論的制約をこえてしまっているのだ。そしてそれはまさに個体的な実践の結果にほかならないのである。

実際に重要なのは、このような個々の作家がつけ加える何かであって、それは、「システムを明るみに出す」ことというよりは、われわれの時代の「経験」（ヘーゲル的な意味で）をより正確に語ることである。「語る主体」というものがあれば、それはおそらくわれわれの「経験」自身であろう。が、こういういい方はさけた方が無難である。なぜなら、経験をして「経験」たらしめるものは、個人の意識的な自己対象化をおいてないからだ。

4

「作品そのものの批評」という主張がポジティヴに語られるとき、私はいつも苛立たしい反発を禁じえなかった。それは私がそういう批評のすぐれた実例にお目にかかったためしがないという理由からだけではない。また、そういう批評がつねに価値評価の定まった作品（いったいだれがどのようにして定めたのかを無視して）を物神化した上で分析の精緻さを誇るだけだという理由からでもない。

その種の批評（「ニュー・クリティシズム」など）が排除しようとし、あるいは排除したつもりになっているのは、書き手の「個体性」であり読み手の「個体性」である。すなわち、書くという行為、読むという主体的な行為を捨象してしまっているのである。たとえ考慮にいれたとしても、I・A・リチャーズのような心理主義的な一般化にすぎないので、書くということ、あるいは読むということのたえず新たな一回的な出会いの危うさについて無頓着なのである。

作品は、その作者が作り上げたものとは別個なものらしく見える能力があるかないかで存続するのである。

すなわち作品は変化したことによって存続するのであり、また多くの変化と解釈との可能性を持てばそれだけ長く存続する。

さもないならば、その作品が作者とは関係のない性質を持っているから存続するのであって、その作品は、ある時代またはある国民によって、作られたものであって、作者によって作られたものではなく、それが時代または国民の変動によって価値を得たのである。　（『文学論』）

こういうヴァレリーのアフォリズムの延長上にあるのがモーリス・ブランショの『文学空間』である。ブランショは次のように書いている。

作品は時間の軛から逃れるものだという意識の起源は、作品（内部）の「距離」の中に見出される。それは常に作品の現存に由来するところの隔絶を――曲解しつつ――表現しており、作品は読書に於て常にはじめて現存に至り着くのだ、その都度第一回目の、その都度ひとりきりの、あの一度だけの読書という現存に至り着くのだという事実を――忘却しつつ――表現している。　（『文学空間』）

ブランショによれば、作品は「作品自身に対して、（作者もふくめた）読者に対して」、

「距離」あるいは「真空」を内蔵している。そして、この「真空」への嫌悪が、「ひとつの価値判断を以てそれを充たそうとする欲求」として「批評」を生むのだ、と彼はいう。

作品そのものがこのような「真空」を内蔵するというのは、一種の構造主義である。それは書く（読む）という行為そのものにおいて「真空」が生じるということを、作品そのものの内部に封入したことになる。それは書くことが、語ることとは違って、文字として定在化されることによってもはや語り手の意識に還元しえないものをつけ加えてしまうからである。書かれたものは作者の個体性をこえてしまう。そこで作品はなんらかの構造性をもつかのようにみえるのである。あるいは逆にわれわれの精神（心）そのものがなんらかの構造性をもつかのようにみえるのである。

ヴァレリーがいうように、われわれはきわめて意識的に計算しつくして書き、また行動すべきである。にもかかわらずそれがわれわれの意識性をこえ、あるいは裏切ってしまうのはなぜだろうか。フロイトはそれを心的構造のなかに求めたが、その結果彼はサルトルが批判したように意識性（個体性）の契機を捨象してしまったのである。作品のなかに求めようと、心のなかに求めようと、真空的な構造はきわめて動的なものであり、スタティックにとらえられるものではない。フロイトもまた個々の患者にあたるかぎり、この構造のダイナミズムを確認せねばならなかっただろう。いいかえれば、作品についての構造モデルも心的現象についての構造モデルもダイナミックなものでなければならないであろう。われわれの意識性はあたかも「自己」というような主体を仮構する。なぜ仮構するかといえば、現象学的にみた場合、意識はただ志向性（対象性）にすぎず、主体も客体もないからである。そしてそれと同様の意味で、われわれの心性（心的総体）もまたなんらかの主体を仮構するといえる。それはあたかも夢の非人称主体のようなものである。とはいえわれわれは二重の主体をもっているのではない。「私」が仮構であれば「私をこえた〈私〉」もまた仮構にすぎない。したがって、正確にいえば、「私をこえた〈私〉」であれ、「語る主体」であれ、そんなものはただスタティックな図式化が生みだした概念にすぎないのである。

さて、書くという行為はつねに「真空」を分泌してしまう。おそらくわれわれの「批評」的衝迫は、この「真空」を充たさずにいられない衝迫であって、それはわれわれが充たそうとしてはいつも指の間から砂がこぼれるようにわれわれの手からぬけ出してしまう。

「作品そのものの批評」の主張者はたとえば伝記的批評を極度に嫌っている。しかし作品内部の「真空」とは、作品の生みだす作者と現実の作者との「真空」や「距離」にほかならないので、そこを注視することは作品そのものの「真空」に光をあてることにほかならないのである。すぐれた「評伝」は、この真空に肉薄しながら、実際の作者（伝記的事実や時代的背景）から解釈される作品と、作品自身がつくり出す作者の像との動的な拮抗のなかに身をおくべく努めているといっていい。もとより否定すべきなのは、「真空」をこのような動的過程を経ずに性急な価値判断で埋めてしまったつもりになることである。つまり「作品そのものの批評」に対立するのは「伝記的批評」ではない。結局「真空」を静的に直接的に埋めうると考える迷妄があるかぎり、どのような批評理論も批評形態もあやまたざるをえないというまでである。それは「読む」行為の個体性を否定してしまっているからだ。

ケネス・バークは次のようにいっている。

私が考えているような批評の主たる概念は利用できうるかぎりのものを利用することにある。そしてたまたまある古代の作者がわれわれにとぼしい伝記的資料しか残していないという単なるそれだけの理由で、われわれに豊富な資料を残してくれている現代の作家の研究に際して、古代の作家の作品を研究するのと同じ参照基準しか使っていけないということには決してならない。もろもろの批評基準に優先するスローガンがあるとすれば、それは「臨機応変」ということだろう。（『文学形式の哲学』）

「臨機応変」を欠いているのは、私が先にあげたラディカルな理論家たちである。それは彼らが、各自の選んだ抽象レヴェルですべてを解決しようとしているからだ。「臨機応変」ということばがよくなければ、具象と抽象とをたえず往還することといいかえてもよい。

とはいうものの、「作品そのものの批評」家たち、言語フェティシストたちは、それほど根底的（ラディカル）とはいいがたい。たとえば、われわれが日本語で書かれた作品を読むとき、そこに完全な「真空」を見出すことなどありえない。なぜなら、日本語圏に育まれたことによって、われわれはとうてい分析しつくしがたい了解を、アプリオリなもののごとく、すでにもってしまっているからだ。自己自身に対しても他者に対しても、暗黙の了解が前提され、自覚しえぬ共犯関係がすでにある。外山滋比古は、近代的批評が真の意味で生じたのは、外国文学に対する批評からだといっているが、おそらくその通りであろう。

だが、われわれは、外国の作品を読むようにして、日本の作品を読まねばならないだろうか。たしかにそのように読まねばならぬ。それは、われわれが自然的な所与性として受けいれてしまった日本語と文化を、意識化することを意味するからである。そして、そのことは、もっと具象的なレヴェルでいえば、われわれが先験性としてみなしてきた日本の社会構造形態を意識化することだからである。完全にそれを意識化しえたと考えることは自己欺瞞にすぎないが、すくなくとも、意識化する意志をもたねばならぬ。

意識化するとは、別のことばでいえば、抽象化することだ。しかし、それはすでにある抽象概念を恣意的におしかぶせることではない。抽象概念は、具体的な経験からにつめられ、しぼり出されるように抽出されてきてのみ、意味がある。近代の超克とかアンチ・ヒューマニズムとかいった空々しいことばが意味をもつのは、ただそのときだけである。そして、それは、まさにそこに生きている作家・思想家の個体的な行為（表現）を必要とするのである。

サドの自然概念に関するノート

私はサドを論ずるに何の用意もない。用意する時間的余裕がないといった方が正確だが、とりあえず以前から関心をもっていたサドの「自然」概念について、大ざっぱな素描を試みようと思う（なお私が用いるテクストは『食人国旅行記』と『閨房哲学』だけである）。

＊

人間が行う悪事は、その人間が住んでいる地方の習慣との関係によってしか、悪事とは言えないのだ(イ)。普遍的な自然の秩序から判断してみるならば、彼はただ自然の法則の命ずるところを行っているにすぎない(ロ)。一方、彼自身に即して判断してみるならば、彼はただ楽しんでいるにすぎない、ということになるね(ハ)。

（『食人国旅行記』）

ここではおよそ三つのレヴェルの判断があわただしく語られている。サドはこれらのことをくりかえし語っているのだが、注意深く読めばそれぞれのレヴェルの差異は明瞭である。

(イ)は、モンテーニュ以来のモラリストが「西欧キリスト教」に対して抱いた懐疑であり自己意識であって、現在の人類学における基本的前提ともなっている。もとより、社会に応じて善悪の基準が異なるということは、なんら善悪の相対性を意味しない。個々の差異を捨象すれば、どの社会もまさに社会であるかぎりにおいて、絶対的に善悪の基準を固有していることにかわりはないからである。それを他文化との比較によって相対化することは遁辞にすぎないので、たとえば、サドが引きあいにだす未開人や東洋人の例は、ある構造や体系を無視してそこから都合のよい事象を恣意的にとりだしたものでしかない。「食人国」が「西欧」の陰画であることはいうまでもないのである。

(ロ)においては、道徳の相対性ではなく、むしろ道徳一般の根拠が「自然法則」に求められているようにみえる。

自然の大目的という面からみれば、悪徳も頽廃も取るに足りないことなのだからな。

死は一つの破壊なのかもしれないが、自然はその法則の中にいかなる破壊をも認めず、自然の事業というものも、ただ輪廻、永遠の再生にすぎない。

悪徳は自然にとって必要である。自然は腐敗させるためにのみ創造する。悪徳によってしか腐敗しないとすれば、それこそ自然の法則の一つである。(『閨房哲学』)

けれども、それらは「自然」あるいは「類」からみられた考えであって、事実上美徳も悪徳も無差別となってしまっている。また、これはサドの独創でも何でもない。それは「特定の個人とは、たんに一つの限定された類的存在にすぎず、そのようなものとして死ぬべきである」(『経済学・哲学草稿』)と書いた当時のマルクスの「自然主義」とも類似するが、マルクスはたぶんこういう考えをエピクロスから得ているのである。「類」あるいは「自然」の存続という観点からみれば、個体の意志や観念は何ものでもなく、無意味な幻想にすぎない。個体の破壊と死において、「類」は存続する。個々の社会についても同様である。古代ギリシヤやローマをはじめこれまで無数の社会が滅んできたが、そのことは「社会」一般を滅亡させたのではなく、かえって「社会」が持続するためには個々の社会は滅亡しなければならないのだ、ともいえる。要するに、衰退期の社会が腐敗の徴候を示すなら、むしろそれを積極的に促進することが「自然の大目的」にかなうと、サドはいっているのである。

しかし、このレヴェルでは、個体（あるいは個々の社会）の存続をはかることも破壊をはかることも等価である。たんに自然過程があるだけだ。たとえばサドは「想像力は、人間を腐敗させる、即ちそれこそ自然にかなっている」と書く。いかなる想像力さえも自然にかなっているということは、人間の自由意志もまた神の恩寵の下にあるということとさしてちがいはしない。つまり自然の自同性は少しも揺るがない。反自然的であることは人間には不可能である。「自然を凌辱することができないのは、人間の最大の苦しみである！」と、サドが書かねばならなかったのはそのためである。

しかし、こういう議論は古代・中世の存在論のむしかえしにすぎず私には空疎に思われる。たとえば純粋に(ハ)のような個体の次元に降り立ってみれば、(イ)と(ロ)の問題はたちまち変容するからである。当然のことだが、サドは「自然」を個体的実存に内在的であると同時に超越的なものとみなす。それは欲望のなかにあらわれ、同時に欲望をのりこえるものとしてあらわれる。

たとえば、『閨房哲学』のドルマンセは、次のようにいう。

あなたは決してあなたの心の声に耳を傾けてはいけない、いいかね。なぜかと言えば、この心というやつは、われわれが自然から与えられた、いちばん下手糞な案内者だからさ。

自然の声ほどエゴイストなものはない。自然の声のなかに、われわれがはっきり聞き分けるのは、あらゆる他人を犠牲にして、みずから快楽を求めねばならぬという、万古不易の聖なる意見だ。

ドルマンセによれば、「自然の声」は欲望の中にのみあらわれるのだから、それに従っておれば確実だということになる。しかし、事実はそうではない。

ドルマンセは、ミルヴェル騎士が美徳にも快楽があるというのを断固拒否するのだが、これはたぶんカント主義の裏返しというべきものである。カントはシラーが揶揄したごとく誇張していえば、個人は義務としてのみ美徳を行うべきでそこに快の感情が混じってはならぬといったのだが、ドルマンセは逆に、「快楽以外のために何事もやってはならない」という「自然」の至上命令に対してこの上なく忠実である。純粋の快楽は、悪徳以外にありえず、そして、それはすでに感性的な快楽とは異質である。

無感動(アパテイア)から生まれる快楽の方が、感受性から生まれる快楽よりもずっと価値があるのだ。なぜって、後者は心のほんの一面に触れることしかできないが、前者はそのあらゆる部分をくすぐり、あらゆる部分を動顛させるのだから。これを要するに、普通以上に強烈な魅力をもっているばかりか、社会的羈絆（きはん）の破棄と法律の全面的侵犯という絶大の魅力さえもっている快楽が、どうして世間一般で認められている貧弱な快楽と較べられようかね？

ドルマンセはこうして快楽を感性的なものから超感性的な至高性にたかめる。俗なる快楽は軽蔑すべきであり、侵犯のみが聖性を付与する。だが、これほど窮屈なピューリタニスティックな世界もない。たえまなく侵犯的でありつづけねばならないこと、これはサドの小説の人物たちをときには息切れさせている。ジョージ・スタイナーが嘆いているように、侵犯の形態は有限な順列組み合わせの問題であり、うんざりするほど単純であるといわねばならないのだ。

サドは侵犯のマンネリズムと、そこからくる意欲の減退をどうしてまぬがれたのか。ルターの次のことばは示唆的である。「心が冷えて思うように祈ることができないとき、私は教皇や、その共犯者や世の害虫といった私の敵と、ツヴィングリとの不敬と忘恩の思想で自分を鞭打つ。その結果私の心は正義の憤りと憎悪とでいっぱいになり、温情と激しい熱意とをもってこういうことができる。《御名があがめられますように。御国が来ますように。みこころが行われますように》。そして私が興奮すればするほど、祈りもますます熱烈になる」。ルターは祈りのエクスタシーの秘密を意図せずして告白している。この意味で、サドにとって幽閉と抑圧は不可欠だったといわねばならない。それがなければ、彼はただの貴族的エピキュリアン、ただの性的倒錯者に終っていたはずであり、実際サドよりずっとひどい連中ですら刑罰を免れているのである。サドは侵犯の現実的可能性を奪われている。書くという行為だけが唯一の侵犯行為であった。

話を元に戻せば、サドの論理は、彼の存在の絶対的な孤独、まったき偶然性を、「類」(＝「自然」)の必然性に結びつける努力であるといえる。ここにはパスカルの回心に似た飛躍がひそんでいる。同時代の諸々の「自然」主義者からサドを分つのはこの点である。個体にとって「類」は禁止としてあらわれる。そこにある深淵はただ侵犯によってしかこえられない。侵犯によってのみ、個体は「類」に向けて超越する。さもなければ、「類」と切りはなされたさきの個体は偶然性と孤独にさらされひからびて存在するほかはない。サドにおける「侵犯」はパスカルにおける「信仰」のような実存的飛躍を意味するのである。

要するにサドの「自然」概念は、体系的に提示されたとき何の意味もない。おそらくそれは古来からの存在論をいいかえたものにすぎず、陳腐なものというべきである。しかし、サドがまったく偶然的な孤立した実存の側に身をおいたとき、そういう客観的な存在論（自然論）はもはや成立しない。それゆえ、サドの主張は主張としてとりだしたとき虚偽である。サドは理論家のように語るとき、ただ詭弁を弄しているだけである。われわれは彼の理論的な主張を体系化することはできないし、またできなくてもそれはサドの不名誉にはならない。侵犯（信仰）を理論的に説明することはもともと不可能だからである。

著者自身による解題

本書は一九六〇年代後半に活字になった論文を集めたものである。私は今まで各所から幾度も乞われたにもかかわらず、このような本を出すことを断わってきた。昔の仕事を読み直すこともしなかった。今回、ついに出版することにしたのは、回顧的な気分になったからではない。そう決めたのは、著者としての判断というよりも、批評空間社の経営に参与する一人としての判断である。

実際、私が著者であるというには、これらのテクストは私にとって遠い過去でありすぎる。私にはほとんど覚えていないものもあった。読んでみると、幼稚な考え方や言葉使いが多くて閉口した。他方で、近年において自分が考えていることに近いところが少なからずあって、驚きもした。いずれにしても、これらのテクストには、もはや私が手を加える余地はない。私は編集部に校正を全面的に任せた。だから、初出当時の誤字誤植その他は修正されているとしても、私の加筆はまったくない。そのかわりに、これらの仕事をした経緯を、覚えているかぎりで付記しておきたい。カッコ内の年度は、それらが実際に執筆された年度である。

「思想はいかに可能か」（一九六六年）

「新しい哲学」（一九六七年）

私は、誰か知り合いに読んでもらうために書くのも嫌だったし、かといって誰かが読むという当てもないかたちで物を書くのも嫌だった。そのような人間にとっては、懸賞論文という形態が最も好ましかった。そこで、私は身近にあった東大新聞の五月祭賞（小説と評論の部門があった）に応募したのである。二年続けて、対馬斉と一緒に佳作に終った。三年目がなかったのは、この年で、五月祭賞そのものが消滅したからである。対馬斉は私より十三歳ぐらい年上であったが、以来、親友であった。彼は二〇〇〇年に、五月祭賞佳作論文をふくむ最初の本『人間であるという運命――マルクスの存在思想』（作品社）を上梓し、まもなく死去した。

「『アレクサンドリア・カルテット』の弁証法」（一九六七年）

この論文は、本来、東京大学大学院英文科の修士論文（英語）として書かれたものである。それを審査する席で、アメリカ文学の教授であった大橋健三郎氏に「君の論文を読むとダレルはすごい作家のように見えるね」といわれたのだが、私は、この人は作家としてはダメです、と突如貶しはじめたのを覚えている。苦労した分だけ腹が立ったのだろう。しかし、その夜、大橋氏から電話があり、彼が編集同人に入っている雑誌「世界文学」の「亡命者作家」特集に載せたいといわれた。そこで、急遽、日本語で書き直したのである。おかげで、私は修士論文で原稿料を稼ぐことができたが、ダレルに対する否定的な気持はいっそう強くなった。ずっと後に気づいたが、あのころ、英語版をダレルに送っておけばよかったのである。外国でも多少原稿料を稼ぐことができただろう。

「『アメリカの息子のノート』のノート」（一九六八年）

これは故蟻二郎がやっていた「新批評」という雑誌に書いた論文である。彼はこの雑誌を、英文学の閉鎖的なアカデミズムと戦うために始めた。蟻二郎は十四、五歳年上で、私が初めて会ったときは、明治大学で専任講師をしていた。彼は東大の英文学者の間ではひどく嫌われる、というより恐れられていたのだが、私から見ると、どうということもなかった。そして、彼のフォークナー論も黒人文学論も抜群に優秀であった。私は若かった中上健次にフォークナーを読むことを勧めると同時に、蟻二郎に会わせたのだった。

「自然過程論」（一九六八年）

哲学では、年齢のことはまともに扱われて来なかった。老齢に近づくと、急にそれを問題にする人は少なくない。しかし、私は若いときかえって、年齢のことを気にしていた。私は、年齢を「関係」の問題としてとらえたらどうか、と思った。今でも、この視点だけは正しいと思う。

「現代批評の陥穽――私性と個体性」（一九六九年）

一九六〇年代の末、私は蟻二郎や森常治と一緒に、英米の批評のアンソロジーを作った。三人で作品を選んで翻訳するだけでなく、それぞれかなり長い解説的批評を載せることにした。私の論文も、基本的に、そのようなものとして書かれている。だから、この論文は、それが収録された本から切り離すと、文脈が欠けているためにわかりにくいし、必要とも思えない引用が多いように見える。実際、必要ではない。私は翻訳紹介者の義務としてそうしただけである。ところで、ここでは「私性と個体性」が区別されている。私はこの論文を三十年近く見たことがなかったので、漠然と、その区別は、のちに私が強調するようになった「個別性と単独性」という区別に対応していると思っていた。しかし、今度読んでみて、それがむしろ、『資本論』でマルクスが示唆した「私的所有と個体的所有」の区別にもとづいていたことに気づいた。もちろん、これらの区別は別のものではない。

「サドの自然概念に関するノート」(一九七〇年)

当時「ユリイカ」の編集長だった三浦雅士氏は、私が群像新人賞をもらった漱石論を読んで原稿を依頼しに来た。実は、彼のほうでは、サドでも何でもよかったらしい。たまたま「サド特集」があったから、サドについて頼んだということであった。私のほうでも、なぜサドについて書くことを引き受けたのか覚えていない。こんなことを書いていたのか、と我ながら驚いたような作品である。

(二〇〇二年一月一五日)

あとがき（インスクリプト版）

本書は二〇〇二年四月、批評空間社から『初期論文集』と題して出版された。以上の解題は、そのとき後記として付されたものと同じである。批評空間社はその前年に、浅田彰・内藤裕治とともに生産協同組合として創った出版社であったが、この本が出てまもなく内藤が癌で亡くなってしまった。彼がいないのに批評空間社を維持することは不可能であったから、私はただちにその解散を宣言した。しかし、その結果、この本はほとんど本屋に出回ることがないままに終ったのである。そのこと自体を別に残念とは思わなかった。私自身はこのような本を出したくなかったからである。しかし、愛着がなかったにもかかわらず、私はろくに日の目を見なかったこの本を見ると哀しみを覚える。出版社を創始してまもなく夭折してしまった内藤裕治の姿を重ねてしまうからであろう。そこで、私は、昔から私の初期作品集を出したいといってきた丸山哲郎氏の所から、新たな題を付して再出版することに決めたのである。なお、この本の校訂・校正が全面的に西田裕一氏に負うことを感謝とともに記しておく。西田氏も丸山氏も、内藤が病に倒れて以後の批評空間社を助けてくれたのだった。

二〇〇四年九月一〇日

柄谷行人

本質的な思想家は一つの課題しかもたないのか？

解説

國分功一郎

本書は柄谷行人が二〇代なかばから後半に書いた単行本未収録文章をまとめたものである。二〇〇二年四月、柄谷本人も経営に参加した批評空間社から出版された。その出版経緯については、本書にも収録されている初版時の「あとがき」（本書では「著者自身による解題」）に詳しい。なお、同社はその前年、二〇〇一年二月に書き手と編集者たちによって設立された出版社であったが、代表を務めていた内藤裕治氏が設立のわずか半年後に病に倒れ、二〇〇二年五月に帰らぬ人となったこともあり、同年八月に解散が宣言されている。

柄谷行人は一九六九年に「〈意識〉と〈自然〉――漱石試論」で第一二回群像新人文学賞評論部門を受賞し、批評家としてデビューしている。本書に収録された七つの文章はその直前から直後にかけて執筆されたものであり、まさしく「初期論文」と呼ばれるにふさわしい。だが、私はこの「初期」という語をどこか安心して使えずにいる。本書には読者にこの語の意味するところそのものの再考を迫るような雰囲気が漂っていると感じられるからである。

柄谷行人はいまや日本のみならず海外でもその名を知られる批評家・哲学者である。したがって本書の読者の多くは既に柄谷の文章に触れたことがあるに違いない。そうした読者の多くはこの「初期論文」の中に、既に自分の知る柄谷行人がいると思うであろうし、二四歳の時点で書かれた「思想はいかに可能か」の中にすらそれが見いだせることに驚きもするだろう。少なくとも私は初読時にそのような感想を抱いた。そして私自身、本書を読みながら、既によく知られている柄谷の著作に全く劣らぬ知的興奮を味わった。

ではここから何を結論するべきなのだろうか。柄谷行人が若い頃から或る一つの同じ問いを突き詰めて考えていたと結論するべきなのだろうか。人は思想家や書き手の最もよく知られた仕事を、その若年期の仕事と比べると様々なことに気が付く。継続性が感じられることも、変化が発見されることもある。そうした継続性や変化を取り上げて、研究論文のようなものを書くこともできるし、実際、そのような研究論文が様々な分野でうずたかく積み上げられている。

だが人は、たとえ物書きでなくとも、すこしでも内省し、自己検証してみるならば、自分の生が、他人には到底理解しえない、しかもそれ自体は実に些細な出来事によって大きく決定づけられていることに気付くのではなかろうか。あの時にこう言ったのは、実はその前にこうしたことがあったからだ……。あの時にああしたのには、誰にも言えなかったけれどもこんな理由があった……。どんな人間の生も、周囲や後世にはほとんど伝わらない厖大な数の些事の積み重ねではなかろうか。

柄谷行人とも親交が深かった哲学者のジャック・デリダはあるインタビューで、自分はヘーゲルやハイデガーの性生活はどのようなものであったのかを知りたいと語っている（ブノワ・ペータース『デリダ伝』原宏之＋大森晋輔訳、白水社、二〇一四年、八頁）。「性生活」はここで、哲学者たちの私生活の最も秘められた部分を指摘するための一例であって、デリダはそれが分からなければ哲学者のことが分からないと言っているのではない。デリダが言っているのは、哲学者や書き手の背後にある、目も眩むような量の出来事を意識することの避けがたさに他ならない。

ならば、二〇代の書き物にも自分たちのよく知る柄谷行人がいると思ってしまう時、やはり我々は途方もない何ごとかを抽象してしまっているのだと考えるべきではなかろうか。なぜ我々はたいしたことを知りもしない人物について、その文章を読むだけで、「初期から変わっていない」などと判断できてしまうのだろうか。そう感じてしまうのだろうか。

もちろん評伝を書くことの不可能性を言いたいのではない。ただ言えるのは、読み手に

柄谷行人　1978年8月

は、いま自分がそのように判断してしまっている、感じてしまっているのはなぜであろうか、いかにしてであろうかという自己検証が求められるのではないか、ということである。そのような自己検証がなければ、いかなる哲学者や書き手についてであれ、「初期」とその後を比較する研究は、お行儀のよい論文以上のものにはなり得ないであろう。

私はいま「自己検証」という語を意識的に使っている。この語は「思想はいかに可能か」にも、「コアメリカの息子のノート」のノート」にも、「現代批評の陥穽」にも用いられている。自己検証はいずれの論文をも貫くテーマのように思えてならない。そもそも柄谷行人の言葉が読者を鋭く突き刺していたのは、それが読者に強く自己検証を強いるものであったからではなかろうか。柄谷行人は現在では特に海外において哲学者として知られているけれども、その言葉がいわゆる哲学者のそれとはどこか異なっていたのは、彼の言葉が、或る研究対象の記述には到底収まり切らないものであったからだ。

かつて柄谷行人の言葉は批評と呼ばれるジャンルに属していた。いま批評というこの呼び名はどこか懐かしいものとなりつつある。本書に収められた文章はいずれも、今ではあまり目にすることのない難解さを備えているが（たとえば「思想はいかに可能か」の冒頭のパラグラフをどうやって英語に翻訳したらよいだろう）、それもまた、彼の言葉が属していたジャンルがどこか遠いものとなりつつあることの証左かもしれない。

ならば批評とは何なのだろうか。一般的な仕方で、それを十分に定義することは到底望めない。だが、柄谷行人の言葉がこのジャンルに属していたことが確かであるのならば、批評とは徹底的な自己検証を経て紡ぎ出された言葉であるとまでは言えるのではなかろうか。研究対象についてどれだけ時間をかけて、どれだけ詳細に調べ上げて書かれた論文であろうとも、書き手の側に自己検証が欠けていれば、そこには一ミリの批評性もない、とまでは。

学問的研究と批評とは別物だといってこの問題を回避することは許されるのかどうか、私には断定的な答えはない。だが、柄谷行人から圧倒的な影響を受けた世代の一研究者として私が言いたいのは、彼の言葉は、学問的研究と批評とを何の悩みもなく区別することを断じて許さない倫理を与えてくれていたということである。柄谷行人の仕事によって、批評的研究あるいは研究的批評とでも言うべき営みが花開いたとすら私は言いたい。この賛辞はそうした営みがこれから消え去ってしまわぬことへの願いとして記すものである。

そして、以上を踏まえた上で、やはり私は、柄谷のこれら初期の仕事とその後の仕事との関係が、今後、徹底的に検討されるべきであろうと考える。言うまでもなく、その作業は、柄谷行人の仕事そのものの意味を問うことに他ならないからである。その作業のことを思う時、私にはどうしても気になって仕方のない言葉がある。柄谷が『マルクスその可能性の中心』――私事を一つ書かせていただければ、私が最も影響を受けた彼の著作である――でエピグラフに掲げていた「本質的な思想家は一つの課題しかもたない」というハイデガーの言葉である。

本質的な思想家は一つの課題しかもたないのだろうか。それは分からない。だが、もし読者がどれだけの自己検証を重ねようともこれら初期の仕事の中にその後の柄谷の姿を読み取れるのだとしたら、柄谷は一つの課題しかもたないタイプの本質的な思想家であると言いうるのかもしれない。もちろん、柄谷がそのようなタイプの思想家ではない可能性は当然あるし、この言葉をエピグラフに選んだことが彼自身の本質を表現しているなどとはとても言えない。

ただ、柄谷がこの言葉をエピグラフに一度選び、そして、おそらくは少なからぬ読者が彼の初期論文に自分たちのよく知る柄谷行人の姿を見て取るであろうということは、無視されてよいはずがない。では、もし柄谷行人が一つの課題しかもたない本質的な思想家であるとして、その課題とは何なのか。それは柄谷本人にも分かっていない何かであろう。柄谷行人がそのタイプの思想家であるのかどうか、そしてもしそうであるならばその課題とは何なのか。柄谷行人が広く世界で読まれるようになった今こそ、この問いが追究されなければならない。その追究は当然、批評的な態度を必要とする。

批評の言葉が批評的に読まれることによってのみ批評は復活するであろう。本書はその意味で、少しも回顧的な本ではない。読み手の自己検証を絶えず求める、現在の書物である。

年譜

柄谷行人

一九四一年（昭和一六年）
八月六日、兵庫県尼崎市南塚口町に生まれる。本名は善男。
一九四八年（昭和二三年）　七歳
四月、尼崎市立上坂部小学校に入学。
一九五四年（昭和二九年）　一三歳
三月、尼崎市立上坂部小学校を卒業。四月、私立甲陽学院中学校に入学。
一九五七年（昭和三二年）　一六歳
三月、私立甲陽学院中学校を卒業。四月、私立甲陽学院高等学校に進学。
一九六〇年（昭和三五年）　一九歳
三月、私立甲陽学院高等学校を卒業。四月、東京大学文科一類に入学。安保闘争に参加。ブント（共産主義者同盟）に入る。
一九六一年（昭和三六年）　二〇歳
三月、ブントが解散。社学同（社会主義学生同盟）を再建する。その後、運動から離れる。
一九六二年（昭和三七年）　二一歳
四月、東京大学経済学部に進学。
一九六五年（昭和四〇年）　二四歳
三月、東京大学経済学部を一年留年して卒業。四月、東京大学大学院人文科学研究科英文学専攻課程に入学。ゼミはフォークナー研究で著名な大橋健三郎氏。この年、原真佐子と結婚。

一九六六年（昭和四一年）二五歳
五月六日、「思想はいかに可能か」が第一一回五月祭賞の評論部門の佳作として『東京大学新聞』に掲載される。筆名は原行人。
一九六七年（昭和四二年）二六歳
三月、東京大学大学院人文科学研究科英文学専攻課程を修了。修士論文"Dialectic in Alexandria Quartet"を提出する。四月、國學院大学非常勤講師となる。五月一五日、「新しい哲学」が第一二回五月祭賞の評論部門の佳作として『東京大学新聞』に掲載される。筆名は柄谷行人。この頃、中上健次を知る。一二月、「『アレクサンドリア・カルテット』の弁証法」を『季刊世界文学』に発表。
一九六八年（昭和四三年）二七歳
四月、日本医科大学専任講師となる。一〇月、「「アメリカの息子のノート」のノート」を『新批評』2号に発表。
一九六九年（昭和四四年）二八歳
五月、「〈意識〉と〈自然〉―漱石試論」が、第一二回群像新人文学賞（評論部門）の受賞作として『群像』6月号に掲載される。一〇月、「江藤淳論―天の感覚」を『群像』11月号に発表する。
一九七〇年（昭和四五年）二九歳
三月二三日、「大江、安部にみる想像力と関係意識―自己消滅への衝迫力」を『日本読書新聞』に発表。四月、法政大学第一教養部専任講師に就任する。六月二二日、「『実践』とは何か―生存本質への〈畏れ〉」を『日本読書新聞』に、七月、「自然過程論」を『情況』8月号に発表。九月、「錯乱をみつめる眼―古井由吉『男たちの円居』」を『文芸』10月号に、一〇月、「文芸季評（7月号〜9月号）」を『季刊芸術』秋号に、「自立論の前提」を『現代の眼』11月号に、「芥川における死のイメージ」を『國文學』11月号に、一一月二日、「思想体験の継承　国家・民族・

神話」を『日本読書新聞』（アンケート）に、一二月、「読者としての他者―大江・江藤論争」を『國文學』1月号に発表。

一九七一年（昭和四六年）　三〇歳

一月、共著『現代批評の構造』を思潮社から刊行。ジョージ・スタイナー「オルフェウスとその神話―クロード・レヴィ＝ストロース論」（翻訳）、「現代批評の陥穽―私性と個体性」を『現代批評の構造』に発表。三月、「閉ざされたる熱狂―古井由吉論」を『文芸』4月号に発表。四月、法政大学助教授となる。同月九日、一〇日、「内面への道と外界への道」を『東京新聞』夕刊に連載。六月、「批評家の『存在』」を『文學界』7月号に、「発語と沈黙―吉本隆明における言語」を『國文學』7月号に、七月、「内側から見た生―『夢十夜』論」を『季刊芸術』夏号に、九月、「漱石の構造―漱石試論序章」を『國文學』臨時増刊号に発表。一一月二日、「六十年以降の文学状況―精神の地下室の消滅」を『日本読書新聞』に発表。一二月、「真理の彼岸―武田泰淳『富士』」を『文芸』1月号に、「埴谷雄高における夢の呪縛」を『國文學』1月号に発表し、「一頁時評」を『文芸』1月号から連載（～12月号）。

一九七二年（昭和四七年）　三一歳

一月、「心理を超えたものの影―小林秀雄と吉本隆明」を『群像』2月号に発表。二月、『畏怖する人間』を冬樹社から刊行。三月、「サドの自然概念に関するノート」を『ユリイカ』4月号に、六月五日、「淋しい『昭和の精神』」を『日本読書新聞』に、同月、「知性上の悪闘」を『國文學』臨時増刊号に、七月、「夢の世界―島尾敏雄と庄野潤三」を『文學界』8月号に、八月、「場所と経験」を『新潮』9月号に、「小川国夫『試みの岸』―省略のメタフィジック」を『文學界』9月号に、一〇月、「私小説の両義性―志賀直哉と嘉村礒多」を『季刊芸術』秋号に発表。一二月、「芥川龍之介における現代―『藪の中』をめぐって」を『國文學』臨時増刊号に発表、エリック・ホッファー著『現代という時代の気質』を柄谷真佐子との共訳で晶文社から刊行。「E・ホッファーについて」を『現代という時代の気質』に発表。

一九七三年（昭和四八年）　三二歳

二月、「マクベス論―悲劇を病む人間」を『文芸』3月号に、三月、「人間的なもの―今日の小説の衰弱について」を『海』4月号に、五月一七日、「平常な場所での文学」を『東京新聞』夕刊に、同月二一日、「マルクスへの視覚―掘立小屋での思考」を『日本読書新聞』に、七月、「『一族再会』について」を『季刊芸術』夏号に、「時代との結びつき」を『群像』8月号に、八月一六日、「ものと観念」を『東京新聞』夕刊に発表。夏にヨーロッパへ旅行。一一月、「無償の情熱―北原武夫」を『文芸』12月号に発表。一二月四日、「生きた時間の回復」を『東京新聞』夕刊に発表し、同月、「柳田国男試論」を『月刊エコノミスト』1月号から連載（〜12月号）。

一九七四年（昭和四九年）　三三歳

一月、「マルクスの影」を『ユリイカ』2月号に、「寒山拾得考」を『文學界』2月号に、二月、「歴史と自然―鷗外の歴史小説」を『新潮』3月号に発表。三月、「マルクスその可能性の中心」を『群像』4月号から連載（〜9月号）。五月、「自作の変更についてて」を『法政評論』1号に、「牧野信一における幻想と仮構」を『國文學』6月号に発表。一二月、「遠い眼・近い眼」を『群像』1月号に、「柳田国男の神」を『國文學』1月号に発表。

一九七五年（昭和五〇年）　三四歳

二月、『意味という病』を河出書房新社から刊行。四月、法政大学教授となる。同月、「現実について─『日本文化私観』論」を『文芸』5月号に、「人を生かす思想─江藤淳」を『國文學』5月号に、六月、「自然について─続『日本文化私観』論」を『文芸』7月号に発表。七月、「文芸季評（4月号～6月号）」を『季刊芸術』夏号に発表。九月より一九七七年一月までイェール大学東アジア学科客員教授として講義。一一月、「思想と文体」（中村雄二郎との対談）を『現代思想』12月号に発表。

一九七六年（昭和五一年）三五歳

一月、ポール・ド・マンの要請で"Interpreting Capital"を執筆。八月、ヨーロッパへ旅行。

一九七七年（昭和五二年）三六歳

一月、「歴史について─武田泰淳」を『季刊芸術』冬号に発表。二月、帰国。三月二八日、二九日、「文芸時評〈上〉〈下〉」を『東京新聞』夕刊に連載。同月、「感じることと考えること」を『文芸』4月号に、八月、「地底の世界─『漱石論』再考」を『文体』創刊号に発表。九月、「マルクスの系譜学─予備的考察」を『展望』10月号に発表し、「貨幣の形而上学─マルクスの系譜学」（二回目以降は「マルクスの系譜学─貨幣の形而上学」）を『現代思想』10月号から連載（～七八年2月号）。一〇月、「作品と作者の距離」を『國文學』11月号に、一二月、「アメリカについて」（安岡章太郎との対談）を『群像』1月号に発表。

一九七八年（昭和五三年）三七歳

二月、「反動的文学者」を『群像』3月号に、四月、「漱石と文学」を『國文學』5月号に発表。七月、「風景の発見─序説」を『季刊芸術』夏号に、「唐十郎の劇と小説」を『海』8月号に、「『門』について」を夏目漱石『門』（新潮文庫）に発表、『マルクスその可能性の中心』を講談社から刊行。八月、「梶井基次郎と『資本論』」を『新潮』9月号に発表し、九月、「手帖」を『カイエ』10月号から連載（〜七九年12月号）。一〇月、「内面の発見」を『季刊芸術』秋号に発表。一一月、『マルクスその可能性の中心』で第一〇回亀井勝一郎賞を受賞。一二月、「私小説の系譜学」を『國文學』1月号に、「時評家の感想」を『文芸』1・2月合併号に発表し、コラム「街の眺め」を『群像』1月号から連載（〜七九年6月号）。

一九七九年（昭和五四年）　三八歳

一月、「告白という制度」を『季刊芸術』冬号に、二月、「交通について」を『現代思想』3月号に発表。四月、『反文学論』を冬樹社から刊行。六月、「文体について」を『文体』夏季号に発表。同月、「仏教について―武田泰淳の評論」を『武田泰淳全集』第一七巻の解説として発表。七月、「病という意味」を『季刊芸術』夏号に、同月、「占星学のこと」を『言語生活』8月号に発表、九月、『小林秀雄をこえて』（中上健次との共著）を河出書房新社から刊行。一〇月、「根底の不在―尹興吉『長雨』について」を『群像』11月号に、一一月、「安吾、理性の狂気」を『國文學』12月号に発表。一二月、「児童の発見」を『群像』1月号に発表。「内省と遡行」を『現代思想』1月号から連載（〜八〇年7月号）。

一九八〇年（昭和五五年）　三九歳

三月、「ツリーと構成力」（寺山修司との対話）を『別冊新評』に発表。四月、「構成力について―二つの論争」を『群像』5月号に、五月、「続構成力について」を『群像』6月号に、七月、「場所についての三章」を『文芸』8月号に発表。八月、『日本近代文学の起源』を講談社から刊行。九月から翌年三月まで、イェール大学比較文学科客員研究員。一二月、「隠喩としての建築」を『群像』1月号から連載（〜八一年8月号）。

一九八一年（昭和五六年）　四〇歳

三月、帰国。四月六日、「八〇年代危機の本質」を『毎日新聞』夕刊に、五月一八日、「言語・貨幣・国家─私的な状況論」を『日本読書新聞』に発表。七月、「アメリカから」を『文芸』8月号に、「中上健次への手紙」を『韓国文芸』に、八月、「小島信夫論」を『新潮現代文学37小島信夫』に、「形式化の諸問題」を『現代思想』9月号に、「検閲と近代・日本・文学─柳田国男にふれて」を『中央公論』9月号に、「内輪の会」を『新潮』9月号に、「ある催眠術師」を『文學界』9月号に発表。九月、「安吾はわれわれの『ふるさと』である」を講談社版『坂口安吾選集』内容見本に発表、同月一一日、コラム「新からだ読本」①〜⑫を『読売新聞』夕刊に連載（〜九月二八日）。一〇月、「外国文学と私・歌の別れ」を『群像』11月号に、「六〇年代と私」を『中央公論』臨時増刊号に、一一月、「外国文学と私・外国文学者の悲哀」を『群像』12月号に、「『現代思想』と私」を『現代思想』12月号に、一二月、「『草枕』について」を夏目漱石『草枕』（新潮文庫）に、「サイバネティックスと文学」を『新潮』1月号に発表、「一頁時評」を『文芸』1月号から連載（〜八二年11月号）。

一九八二年（昭和五七年）　四一歳

一月、「凡庸なるもの」を『新潮』2月号に、二月、「建築への意志・『言語にとって美とはなにか』を読む」を『野生時代』3月号に、「鏡と写真装置─予備的考察」を『写真装置』4号に、「丸山圭三郎『ソシュールの思想』─言語という謎」を『中央公論』3月号に、四月、「『反核アピール』について」再論」を『話の特集』5月号に発表。五月、「受賞の頃─ある錯乱」を『群像』6月号に、

「伝達ゲームとしての、思想」を『翻訳の世界』6月号に、六月七日、「制度としての『癌』意識―ソンタグ著『隠喩としての病』にふれて」を『週刊読書人』に、八月二二日、「核時代の不条理」を『朝日新聞』に発表。

一九八三年（昭和五八年）四二歳

三月二日、「私と小林秀雄」を『朝日新聞』夕刊に、同月、「懐疑的に語られた『夢』」を『ユリイカ』4月号に発表、「言語・数・貨幣」を『海』4月号から連載（〜10月号）。四月、「ブタに生れかわる話」を『群像』5月号に、五月、「凡庸化するための方法」を『はーべすたあ』6月号に、七月、「文化系の数学」を『数学セミナー』8月号に発表。八月、「物語のエイズ」を『群像』9月号に発表。九月から翌年三月までコロンビア大学東アジア学科客員研究員。

一九八四年（昭和五九年）四三歳

二月、メキシコへ旅行。四月、帰国。五月、対話集『思考のパラドックス』を第三文明社から刊行。六月、「ポール・ド・マンの死」を『群像』7月号に、九月一〇日、「モダニティの骨格」を『日本読書新聞』に、同月、「奇蹟的な作品」を森敦『意味の変容』付録「『意味の変容』ノオト」（筑摩書房）に発表。一〇月、「批評とポスト・モダン」を『海燕』11月号から連載（〜12月号）。一二月、「無作為の権力」を『文芸』1月号に発表、「探究」を『群像』1月号から連載（〜八八年10月号）。

一九八五年（昭和六〇年）四四歳

一月八日、「テクノロジー」を『朝日新聞』夕刊に発表。二月、「物語をこえて」を『國文學』3月号に、「日本文化の系譜学」（"Genealogie de la culture Japonaise"）を中村亮二の訳で Magazine litteraire — 1985 March に発表。五月、『ポスト・モダニズム批判―拠点から虚点へ』（笠井潔との対話集）を作品社から、『内省と遡行』を講談社から刊行。八月一三日、「アジア・ブームの中で―日本のオリエンタリズム」を『読売新聞』夕刊に発表。一〇月、インタビュー集『批評のトリアーデ』をトレヴィルから刊行。

一九八六年（昭和六一年）　四五歳

一月、パリ、エコールノルマルで講演（"Postmodern and Premodern in Japan"）。二月、「注釈学的世界―江戸思想序説」を『季刊文芸』に連載（春季号～秋季号・未完）。四月、「柳田国男」を『言論は日本を動かす』第三巻（講談社）に発表。"Un Esprit, Deux XIXe Siècles"「一つの精神、二つの十九世紀」（Cahiers pour un temps）を中村亮二訳で発表。同論文はのちに『現代思想』臨時増刊号「ポストモダンと日本」（八七年一一月）に掲載され、"Postmodernism and Japan" The South Atlantic Quarterly 1988 に収録される。一〇月、「精神の場所―デカルトと外部性」を『ORGAN』創刊号に発表、一二月、『探究Ⅰ』を講談社から刊行。パリ、ポンピドー・センターで蓮實重彥・浅田彰とシンポジウムに出席。

一九八七年（昭和六二年）　四六歳

四月、ボストンの「ポストモダンと日本」をめぐるワークショップで共同討議。アメリカでデューク大学出版局から刊行されたワークショップの模様は、『現代思想』臨時増刊号「ポストモダンと日本」（八七年一一月）に掲載。六月、群像新人文学賞選考委員になる。九月七日、「昭和を読む」を五回にわたって『読売新聞』夕刊に連載（～九月一一日）。同月、「『貴種と転生』四方田犬彦―物語と歴史」を『新潮』10月号に、「個別性と単独性」を『哲学』創刊号に発表。一二月、「固有名をめぐって」を『海燕』1月号から断続的に六回連載（～八九年12月号）する。

一九八八年（昭和六三年）　四七歳

四月、デューク大学で講演。五月、雑誌『季刊思潮』（思潮社）を鈴木忠志、市川浩と創刊。「ポストモダンにおける『主体』の問題」を『季刊思潮』創刊号に発表。同月、『闘争のエチカ』（蓮實重彦との対話集）を河出書房新社から刊行。一〇月、「ライプニッツ症候群—吉本隆明論」を『季刊思潮』2号に、一一月、「堕落について—坂口安吾『堕落論』」を『新潮』12月号に、「中野重治と転向」を『中央公論文芸特集』冬季号に発表。一二月、野間文芸新人賞の選考委員になる。同月、「死なない問題」を『海燕』1月号に、「ライプニッツ症候群—西田哲学」を『季刊思潮』3号に発表。

一九八九年（昭和六四年・平成元年）四八歳

一月一日、「天皇と文学」を『共同通信』に、三月、「〈漱石〉とは何か」（三好行雄との対談）を『國文學』4月号に発表。五月、カリフォルニア大学サンディエゴ校で講演（"On Conversion"）。同月、「小説という闘争—中上健次の『奇蹟』を読む」を『群像』6月号に発表。六月、『探究Ⅱ』を講談社から刊行する。同月、「漠たる哀愁」を『海燕』7月号に、「近代日本の批評　昭和前期Ⅰ」を『季刊思潮』5号に、七月三日、「『日本』に回帰する文学」を『朝日新聞』夕刊に発表。九月、「死者の眼」を『群像』10月号に、「近代日本の批評　昭和前期Ⅱ」を『季刊思潮』6号に、「他者とは何か」（三浦雅士との対談）、「柄谷行人年譜」を『國文學』10月号に、一一月、「文学のふるさと」（島田雅彦との対談）を『新潮』12月号に、一二月、「死語をめぐって」を『文學界』1月号に、「漱石とジャンル—漱石試論Ⅰ」を『群像』新年号に発表。

一九九〇年（平成二年）四九歳

一月八日、「『歴史の終焉』について」を『読売新聞』夕刊に連載（〜一二日）。三月、「歴史の終焉について」を『季刊思潮』8号に発表。この号で『季刊思潮』は終刊。五月、新潟の安吾の会で講演。中上健次・筒井康隆らと文芸家協会を脱退。同月、「六十年」を『海燕』6月号に、六月、「やめる理由」を『すばる』7月号に、「大江健三郎について―『終り』の想像力」（笠井潔との対談）を『國文學』7月号に、七月、「安吾の『ふるさと』」を『文學界』8月号に発表。五月から一ヵ月、カリフォルニア大学アーヴァイン校にProfessor in residenceとして滞在。九月から一二月までコロンビア大学東アジア学科客員教授としてニューヨークに滞在、講義。一一月、「『謎』としてとどまるもの」を島尾敏雄『贋学生』（講談社文芸文庫）に発表、『終りなき世界』（岩井克人との対話集）を太田出版から刊行。一二月、「手紙」を『現代思想』1月号に、「ナショナリズムとしての文学」を『文學界』1月号に発表。

一九九一年（平成三年）　五〇歳

一月、湾岸戦争反対の活動をする。三月、浅田彰とともに季刊誌『批評空間』（福武書店）を創刊。「『日本近代文学の起源』再考」を『批評空間』に連載する（～六月・2号）。同月、「『湾岸』戦時下の文学者」を『文學界』4月号に発表。四月、「国家は死滅するか」を『現代思想』5月号に発表。五月、ロサンジェルスで開催されたANY会議で講演、パネル。同月、「『批評』とは何か」（小森陽一・柘植光彦との座談会）を『國文學』6月号に発表。八月、比較文学会世界大会シンポジウム（青山学院）で講演（"Nationalism and ecriture"）。九月、「俳句から小説へ―子規と虚子」を『國文學』10月号に、一〇月、「テクストとしての聖書」を『哲学』11月号に発表。一一月三日、東京大学駒場キャンパスでの国際シンポジウム「ミシェル・フーコーの世紀」で講演（「『牧人＝司祭型権力』と日本」)。同月、「双系制をめぐって」を『文學界』12月号に、「路地の消失と流亡」を『國文學』12月号に発表。一二月、「日本精神分析」を『批評空間』4号から連載（～九三年三月）。

一九九二年（平成四年）五一歳

一月、NHKで川村湊・リービ英雄・岩井克人との座談会。その後、一月から五月までコーネル大学Society for the Humanitiesに滞在。三月、酒井直樹との共同講義。同月、『探究I』を講談社学術文庫から刊行。四月初旬、AAS（全米アジア学会）で講演（「日本のファシズムと美学」）。同月、「現代文学をたたかう」（高橋源一郎との対談）、「漱石論」を『群像』5月臨時増刊号「柄谷行人&高橋源一郎」に発表。五月、帰国。中上健次を見舞う。六月、大分県湯布院で開催されたANYの会議で発表、パネル。八月七日、勝浦の病院に中上健次を見舞う。同月一二日、中上健次死去。同月一三日、中上健次の告別式で葬儀委員長を務める。九月、追悼「朋輩中上健次」を『文學界』10月号に、「中上健次・時代と文学」（川村二郎との対談）を『群像』10月号に発表。『漱石論集成』を第三文明社から刊行。一〇月、「フーコーと日本」（レプレザンタシオン）を発表。一一月、比較文学会国際大会で講演（「エクリチュールとナショナリズム」）。一二月、雑誌"Social Discourse"（モントリオール大学）でダルコ・スーヴィンを編集、「非デカルト的コギト」を発表。同月、『探究Ⅲ』を『群像』新年号から隔月連載（～九六年9月号）。

一九九三年（平成五年）五二歳

一月、「坂口安吾・その可能性の中心」（関井光男との対話）を『国文学解釈と鑑賞』2月号に、二月、「キューバ・エイズ・60年代・映画・文芸雑誌」（村上龍との対談）を『國文學』3月号に、「友愛論」（富岡多恵子との対談）を『文學界』3月号に、「夏目漱石の戦争」（小森陽一との対話・九二年八月末収録）を『海燕』3月号に、三月、「文学の志」（後藤明生との対話）を『文學界』4月号に発表。「新人作家の条件」を『海燕』4月号のアンケートに寄稿。六月五日、バルセロナで開催されたANY会議で講演、パネル。六月、フレドリック・ジェイムソンの立教大学講義でコメンテーターを務める。七月、「解説」を中上健次『地の果て 至上の時』（新潮文庫）に発表する。八月三日、熊野大学シンポジウム「『千年』の文学―中上健次と熊野」に参加。同月、「『小説』の位相」を中上健次『化粧』（講談社文芸文庫）に発表。『ヒューモアとしての唯物論』を筑摩書房から刊行する。九月、「韓国と日本の文学」を第二回日韓作家会議で講演。同月、「差異の産物」を『新潮』10月号に、一一月、「E・W・サイード『オリエンタリズム』」を『國文學』臨時増刊号に、「『マルクス』への転向」（インタビュー）を『海燕』12月号に発表。一二月、「被差別部落の『起源』―『日本精神分析』補遺」、「中上健次をめぐって」（蓮實重彥・浅田彰・渡部直己との座談会）を『批評空間』12号に発表。

一九九四年（平成六年） 五三歳

一月から三月まで、コロンビア大学で講義。一月五日、「真に内発的であるために」を『東京新聞』夕刊に、二月、「第三種の遭遇」を『すばる』3月号に発表し、『〈戦前〉の思考』を文藝春秋から刊行。三月、第Ⅱ期『批評空間』を太田出版から創刊。「美術館としての日本―岡倉天心とフェノロサ」を発表。同月、「交通空間についてのノート」を『Anywhere』に、「カント的転回」を『現代思想』臨時増刊号に発表。四月、近畿大学文芸学部大学院研究科の客員教授となる。同月三日、ボストンで開かれたAASで講演、パネル（「差別をめぐるシンポジウム」）。同月、「神話の理論と理論の神話」（村井紀との対談）を『國文學』5月号に発表。五月、「『戦前』の思考を巡って」（インタビュー）を『すばる』6月号に、六月、「戦後文学の『まなざし』」（紅野謙介によるインタビュー）を『海燕』7月号に発表。同月、モントリオールで開催されたANY会議で講演、パネル。八月三日、熊野大学シンポジウム「差異／差別、そして物語の生成」に浅田彰、渡部直己ほかと参加。同月、「三十歳、海へ」を『中上健次全集3』の「解説」に執筆。同月、「中野重治のエチカ」（大江健三郎との対談）を『群像』9月号に発表。九月、アレックス・デミロヴィッチと対話（『情況』）。同月、「差異／差別、そして物語の生成」（渡部直己・浅田彰・奥泉光とのシンポジウム）を『すばる』10月号に発表。一〇月二〇日、「日本にも『小説』はある」を『読売新聞』夕刊に発表。一〇月から一一月にかけて、「柄谷行人『集中』インタビュー」特集のため、「『啓蒙』はすばらしい」（インタビュー・坂本龍一）、「共同体・世界資本主義・カント」（インタビュー・奥泉光）、「『柄谷的』なもの」（インタビュー・金井美恵子）を受ける（翌年『文學界』2月号に掲載）。一一月、デューク大学で開催されたグローバリゼーションをめぐる国際会議で講演。一二月、「文学と思想」（蓮實重彥との対談）を『群像』1月号に発表。この年、済州島で開催された日韓作家会議で講演。

一九九五年（平成七年）　五四歳

一月、福田恆存追悼「平衡感覚」を『新潮』2月号に、二月、「『物自体』について」を『Anyway』に発表。四月、カリフォルニア大学アーヴァイン校で三日間のワークショップに参加。ジャック・デリダが、柄谷の提出した二論文"Ecriture and Nationalism" "Non-

Cartesian Cogito"について発表。同月、「世界と日本と日本人」（大江健三郎との対談）を『群像特別編集』に発表。同月、ワシントンで開催されたAASで発表。同月二一日、妻冥王まさ子（本名・柄谷真佐子）がカリフォルニア州サクラメントの病院で死去。二三日、サクラメントで葬儀。五月、立命館大学で講演（「中上健次について」）。六月、『中上健次全集』刊行シンポジウム（集英社）に出席。同月、ソウルで開催されたANY会議で講演、パネル。同月、「中上健次とフェミニズム」を『すばる』7月号に、「いかに対処するか—柄谷行人氏に聞く」（石原千秋のインタビュー）を『國文學』7月号に発表。七月、近畿大学大学院で「宗教について」を講義する。一〇月、「歴史における反復の問題」を『批評空間』第Ⅱ期7号に、「フォークナー・中上健次・大橋健三郎」を『フォークナー全集27』に発表、"Architecture as Metaphor"（MIT Press）を刊行。同月二八日、自由の森学園で講演。一一月四日、早稲田大学早稲田祭で講演。同月一六日、松江で開催された日韓作家会議で講演「責任とは何か」を話す（後に『すばる』に掲載）。同月二三日、京都大学一一月祭の「京都学派」シンポジウムで大橋健三郎・浅田彰とパネル。一二月、「柄谷行人特集」（『国文学解釈と鑑賞別冊』）に「批評のジャンルと知の基盤をめぐって」（関井光男のインタビュー）を発表。

一九九六年（平成八年）五五歳

二月、『坂口安吾と中上健次』を太田出版から刊行。三月、『日本近代文学の起源』のドイツ語訳刊行。同月、ケルンとフランクフルトで講演。四月、「表象と反復」をカール・マルクス『ルイ・ボナパルトのブリュメール一八日』（太田出版）に、「解説」を冥王まさ子『天馬空を行く』（河出文庫）に、「20世紀の批評を考える」（絓秀実・福田和也との座談会）を『新潮』5月号に発表。六月、『坂口安吾と中上健次』で第七回伊藤整賞を受賞。小樽での授賞式に出席。同月、「言葉の傷口」（多和田葉子との対談）を『群像』7月号に発表。七月、短歌の会で岡井隆と対談。九月から一二月まで、コロンビア大学で講義（「責任と主体」）。九月、「戦後の文学の認識と方法」（大江健三郎との対談）を『群像』10月号（創刊五〇周年記念号）に発表。一〇月、モントリオール大学で開催された「柄谷行人をめぐる国際シンポジウム」で講演。同月、コロンビア大学比較文学科で講演（"Uses of Aesthetics"）。

一九九七年（平成九年）　五六歳

四月、近畿大学文芸学部特任教授となる。六月、ロッテルダムで開催されたANY会議で講演、パネル。その後、ベルリンを経て、ライプツィヒ大学、バウハウス大学で講演。同月、『日本近代文学の起源』の韓国語訳刊行。出版を記念して民音社と民族文学会に招かれ、講演。同月、「美学の効用―『オリエンタリズム』以後」を『批評空間』第Ⅱ期14号に発表。七月、近畿大学文芸学部で講演（「菊池寛の『入れ札』」）。慶応大学で同講演。九月、コロンビア大学比較文学科客員正教授となる。同月、「死とナショナリズム」を『批評空間』第Ⅱ期15号から連載（～九七年一二月）し、ミシガンで開催されたアメリカ中西部日本学会に招かれて講演（「日本精神分析」）。一〇月、「日本精神分析再考」を『文學界』11月号に、「親に責任はあるか―神戸小学生殺人事件にふれて」を『中央公論』11月号に、「東大は滅びよ―『改革』の虚妄」（絓秀実との対話）を『情況』第2期9号に発表。一一月、韓国慶州で開催された日韓作家会議で講演。ソウルの創作と批評社で『批評空間』のための座談会をペク・ナクチョン、チェ・ウォンシク両教授と行う。一二月、女性と戦争学会（大阪市）で「責任と原因」について講演、同月、フォークナー生誕一〇〇年を記念する紀伊國屋ホールでのイヴェントで、「フォークナーと中上健次」について講演。

一九九八年（平成一〇年）　五七歳

一月から四月まで、コロンビア大学で講義。二月六日、エッセイ「日韓作家会議について」を『すばる』に発表。三月、「借景に関する考察」を『批評空間』第Ⅱ期17号に発表。同月二三日、二四日の両日、ラトガーズ大学でアンディ・ウォーホルについて講演。同月、「ハイパーメディア社会における自己・視線・権力」（浅田彰、大澤真幸、黒崎政男との座談会）を『科学と芸術の対話』（NTT出版）に発表。四月、近畿大学文芸学部大学院研究科の教授となる。五月、『坂口安吾全集』全一七巻の刊行開始（関井光男との共編・筑摩書房。～二〇〇〇年四月）。『Mélange』（『坂口安吾全集』月報）に「坂口安吾について1～17」を連載。六月、「未来としての他者」を『現代思想』7月号に、「仏教とファシズム」を『批評空間』第Ⅱ期18号に発表。八月、「坂口安吾の普遍性をめぐって」（関井光男との対談）を『国文学解釈と鑑賞別冊・坂口安吾と日本文化』に、「批評の視座批評の『起源』ーカント／マルクス」を『國文學』9月号に発表、「トランスクリティーク」を『群像』9月号から連載（～九九年4月号）。一二月、中国北京で「東アジア知の共同体」をめぐる会議に出席。この年、兵庫県尼崎市に移転。

一九九九年（平成一一年）　五八歳

三月、ニューヨークに二週間滞在。ボストンで開催されたAASで講演、マサオ・ミヨシとハリー・ハルトゥーニアンとパネル。同月、「マルクス的視点からグローバリズムを考える」（汪暉との対談）を『世界』4月号に発表。四月、ロンドンＩＣＡで講演（"On Associationism"）。五月、アソシエ21創立記念講演。六月、「トランスクリティークと小説のポイエティーク」（島田雅彦との対談）を『國文學』7月号に、七月、「世界資本主義からコミュニズムへ」（島田雅彦・山城むつみとの共同討議）を『批評空間』第Ⅱ期22号に、八月、「江藤淳と私」を『文學界』9月号に発表。九月、「貨幣主体と国家主権者を超えて」（市田良彦・西部忠・山城むつみとの共同討議）を『批評空間』第Ⅱ期23号に発表。一〇月、アソシエ21関西創立記念の講演。同月、東洋大学井上円了記念学術センター主催の坂口安吾をめぐるシンポジウムで講演。同月、「江藤淳と死の欲動」（福田和也との対談）を『文學界』11月号に発表。一一月七日、アソシエ21関西の設立集会で講演。一二月、「資本・国家・倫理」（大西巨人との対談）を『群像』1月特別号に、「建築と地震」を『Anywise』に発表。この年で群像新人文学賞、野間文芸新人賞の選考委員を辞任。

二〇〇〇年（平成一二年）　五九歳

一月、「柄谷行人が語る『コミュニズム一歩手前』の状況論」を『広告』2月号に発表。同月、『可能なるコミュニズム』を太田出版から刊行。一月から五月まで、コロンビア大学比較文学科で講義（「カントとマルクス」）。二月、『倫理21』を平凡社から刊行。同月、「世界資本主義に対抗する思考」（山城むつみとの対談）を『新潮』3月号に発表。三月、『批評空間』第Ⅱ期を休刊。五月一日、「安吾とフロイト」を坂口安吾『堕落論』（新潮文庫・奥付は六月一日）の解説として発表。同月、論文"Uses of Aesthetics"Boundary 2, Duke University Press, 2000に発表。ハーバード大学で講演（"Introduction to Transcritique"）。六月三日、ニューヨークで開催されたＡＮＹ会議で講演（"Thing-itself as

Others"）。帰国。同月一〇日、法政大学国際文化学部創立記念で「言語と国家」の講演、ベネディクト・アンダーソンとパネル。同月、山口菜生子と結婚。同月三〇日、エル大阪でNAM（New Associationist Movement）結成大会、講演。渡米。八月、パリで王寺賢太・三宅芳夫よりインタビューを受ける。同月、帰国。九月、韓国ソウルで開催されたグローバリゼーションと文学の危機をめぐる国際会議で発表。同月、「言語と国家」を『文學界』10月号に発表。一〇月、村上龍と対談（『群像』に掲載）。同月、東京で「柄谷行人を励ます会」が開かれる。一一月、駒場と紀伊國屋ホールでNAMをめぐる講演。同月、坂本龍一と対談（『毎日新聞』夕刊一二月一九日）。同月、「プロレタリア独裁について」を『別冊思想・トレイシーズ1』に発表し、『NAM原理』（共著）を太田出版から刊行。一二月、「文学と運動―二〇〇〇年と一九六〇年の間で」（インタビュー）を『文學界』1月号に、「二〇〇一年の文学　時代閉塞の突破口」（村上龍との対談）を『群像』新年号に発表。同月二三日、エル大阪でNAM全国大会を開催。

二〇〇一年（平成一三年）　六〇歳

一月、「未来への希望の地―日本の可能性の中心」（マイケル・リントンとの対話・英語）を『広告』2・3合併号に発表。一月から五月まで、コロンビア大学比較文学科で講義（「マルクスとアナーキストたち」）。同月、「飛躍と転回―二〇〇〇年に向かって」（インタビュー）を『文學界』2月号に発表。二月、フロリダ大学で、三月、カリフォルニア大学ロサンジェルス校で講演（"Introduction to Transcritique"）、プリンストン大学で講演とパネル。二月、「トランスクリティークとアソシエーション」（田畑稔との対話）を『季刊唯物論研究』に発表。三月、

『〈戦前〉の思考』を講談社学術文庫から、四月、『NAM生成』を太田出版から刊行。六月、帰国。同月一六日、京都精華大学でNAM京都のシンポジウム。同月三〇日、早稲田大学大隈講堂でシンポジウム（「NAM生成をめぐって」）。七月一日、一ツ橋講堂でNAM全国大会。同月七日、紀伊國屋ホールで「批評空間社設立記念シンポジウム・新たな批評空間のために」のパネル。同月から四月まで、コロンビア大学で講義。9・11の一週間前までニューヨークに滞在。八月、『増補 漱石論集成』を平凡社ライブラリーから刊行。一〇月二日、坂部恵と「トランスクリティーク」をめぐって対談（『群像』に掲載）。同月、『トランスクリティーク――カントとマルクス』を株式会社批評空間社から刊行。『批評空間』第Ⅲ期創刊号発行。同月一一日、禁煙開始。一一月四日、大阪大学学園祭で「LETSについて」のパネル、同月一〇日、麻布高校で講演。同月二八日、京都大学一一月祭で坂上孝、浅田彰らとパネル（「マルクスとアソシエーショニズム」）。同月、「カントとマルクス――『トランスクリティーク』以後へ」（坂部恵との対談）を『群像』12月号に発表。一二月、「入れ札と籤引き」を『文學界』新年号に発表。同月、京都の花園大学で行われた坂口安吾研究会の大会で講演（「坂口安吾とアナーキズム」）。同月、「批評空間」の共同討議「『日本精神分析』再論」を磯崎事務所で行う（『批評空間』第Ⅲ期3号に掲載）。尼崎市アルカイック・ホールで、いとうせいこうと講演。

二〇〇二年（平成一四年） 六一歳

一月、「入れ札と籤引き（完結篇）」を『文學界』2月号に、三月、「『日本精神分析』再論」を『批評空間』第Ⅲ期3号に発表。四月、近畿大学国際人文科学研究所が創設され所長となる。同月、『必読書150』（渡部直己・

浅田彰ほか共著）を太田出版から、『柄谷行人初期論文集』を批評空間社から刊行。同月六日、ワシントンで開かれたAASで講演（"Iki and love"）。七月、『日本精神分析』を文藝春秋から刊行。九月、シンガポール大学で講演（"Architecture and Association"）。同月、『日本精神分析』をめぐって」（インタビュー）を『文學界』10月号に発表。一一月、韓国嶺南大学で講演。一二月、インドへ旅行。

二〇〇三年（平成一五年）六二歳

一月から三月まで、カリフォルニア大学ロサンジェルス校で講義。二月二一日、カリフォルニア大学サンディエゴ校で講演（"On Associationism"）。三月一〇日、カリフォルニア大学アーヴァイン校で講演（"On Transcritique"）。四月二五日、バウハウス大学（ワイマール）で講演（"Architecture and Association"）。五月、"Transcritique on Kant and Marx"をMIT Pressから刊行。六月、福田和也と対談（『en taxi』2号）。同月、小林敏明と対談（『週刊読書人』）をする。七月、新宿「風花」で古井由吉の朗読会に参加、「マクベス論」を朗読。九月、「建築とアソシエーション」を『新潮』10月号に発表。同月一九日、近畿大学国際人文科学研究所東京コミュニティカレッジで朗読（「アンチノミー」）。同月、「近代日本文学の終焉」について、近畿大学国際人文科学研究所東京コミュニティカレッジと同大阪コミュニティカレッジで講義。一〇月、「カントとフロイト―トランスクリティーク」を『文學界』11月号に発表。同月二五日、近畿大学国際人文科学研究所大阪コミュニティカレッジで浅田彰と講義。一一月二四日、京都大学一一月祭で浅田彰、大澤真幸とパネル（「21世紀の思想」）。

二〇〇四年（平成一六年）六三歳

一月、『定本　柄谷行人集』全五巻（岩波書店）の刊行が始まる（～九月）。一月から四月まで、コロンビア大学で講義（「近代文学の終焉について」）。二月、「帝国とネーション――序説」を『文學界』3月号に発表。四月、「近代文学の終り」を『早稲田文学』5月号に発表。六月七日、新橋ヤクルトホールで福田和也とパネル（「21世紀の世界と批評」）。七月、「資本・国家・宗教・ネーション」を『現代思想』8月号に、八月、「翻訳者の四迷――日本近代文学の起源としての翻訳」を『國文學』9月号に、一〇月、「絶えざる移動としての批評」（浅田彰・大澤真幸らとのシンポジウム）を『文學界』11月号に発表。同月一六日、高澤秀次、大澤真幸と紀伊國屋ホールでパネル（「思想はいかに可能か」）。一〇月三〇日と一一月一三日、近畿大学国際人文科学研究所大阪コミュニティカレッジで浅田彰と講義。一一月二三日、京都大学一一月祭の「デリダ追悼――Re-Membering Jacques Derrida」で、浅田彰、鵜飼哲とのパネル。一二月、「反復の構造」（インタビュー）を『世界』1月号に発表。同月一一日、「『日本近代文学の起源』改訂版をめぐって」を関井光男と近畿大学国際人文科学研究所東京コミュニティカレッジで講義。同月、南インドへ旅行し、津波に遭う。

二〇〇五年（平成一七年）　六四歳

一月から四月末まで、コロンビア大学で講義（"Reading Marx"）。三月一四日、カリフォルニア大学ロサンジェルス校で開催された会議 "Rethinking Soseki's Theory of Literature" で発表。四月、朝日新聞書評委員となる。同月一三日、コロンビア大学で講演（"Revolution and Repetition"）。五月二四日、韓国の高麗大学で講演（"The Ideal of the East"）。同月、「革命と反復序説」をクォータリー『at』0号（太田出版）に発表。七月一六日、新宿「風花」で古井由吉らと朗読。九月、「革命と反復・第一章　永続革命の問題」を

『ａｔ』1号に、一二月、「革命と反復・第二章『段階の飛び越え』とは何か」を『ａｔ』2号に発表する。

二〇〇六年（平成一八年）六五歳

一月一九日、近畿大学で最終講義、三月、近畿大学を退職する。同月、「革命と反復・第三章　封建的とアジア的と」を『ａｔ』3号に発表する。四月六、七日、クロアチアのザグレブで、八日、スロヴェニアのリュブリャーナで講演。五月二一日、静岡芸術劇場で講演（「グローバリズムと帝国主義」）。六月、浅田彰、萱野稔人、高澤秀次と「『世界共和国へ』をめぐって」の座談会（『ａｔ』4号）。七月、「丸山眞男とアソシエーショニズム」を『思想』8号に、「グローバル資本主義から世界共和国へ」（インタビュー）を『文學界』8月号に発表。八月五日、熊野大学シンポジウム「坂口安吾と中上健次」に参加する。九月、連載論文「『世界共和国へ』に関するノート1」を『ａｔ』5号に発表（～二〇〇八年一二月に10を掲載）。「国家・帝国主義・日本」（インタビュー）を『現代思想』9月号に発表。一〇月二七日、マサチューセッツ大学アマースト校で開催された「Rethinking Marxism 学会」で講演。三一日、シカゴ大学哲学科で講演。一一月、「近代批判の鍵」（『坂部恵集1』月報　岩波書店）を発表。一二月二日、朝日カルチャーセンター・新宿で講演。同月、「鈴木忠志と『劇的なるもの』」（エッセイ）を『演出家の仕事―鈴木忠志読本』（静岡県舞台芸術センター）に発表。座談会「坂口安吾と中上健次」（『國文學』12月号『中上健次特集』）。

二〇〇七年（平成一九年）六六歳

一月、佐藤優との対談「国家・ナショナリズム・帝国主義」を『世界』1月号に発表。三月、「超自我と文化＝文明化の問題」を『フロイト全集4』月報（岩波書店）に発表。

「可能なる人文学」（インタビュー）を『論座』3月号に発表。四月、東京に引越す。「左翼的なるものへ」（インタビュー）を『論座』4月号に発表。五月二四日、北京の清華大学で講演。六月七日、フォーラム神保町で、七月一四日、朝日カルチャーセンター・新宿で講演。八月三日~五日、青山真治、岡崎乾二郎、高澤秀次、渡部直己らと熊野大学シンポジウムに参加。同月、新宿「風花」で古井由吉と朗読。一〇月、スタンフォード大学で講演。論文“World Intercourse: A Transcritical Reading of Kant and Freud”（“UMBR(a) Semblance A Journal of the Unconscious”）を発表。一一月一〇日、いとうせいこう、高澤秀次と第一回「長池講義」（八王子市長池公園自然館）を開催。一二月八日、立命館大学国際関係学部20周年式典で講演。

二〇〇八年（平成二〇年）六七歳

一月一二日、朝日カルチャーセンター・新宿で「世界システムとアジア」を講演（三月二九日にも「世界システムとアジア2」を講演）。一月、大塚英志と『新現実』5号で対談。四月、福岡伸一から「クロストーク」のインタビューを受ける（『朝日新聞』四月七日）。同月二四日、ニューオリンズのロヨラ大学で講演。五月一一日、「理念について」を有度サロン（静岡舞台芸術公園楕円堂）で、一八日、「革命と反復」を有度サロンで、二一日、「中間団体論」をフォーラムｉｎ札幌時計台で講演。小嵐九八郎に「60年安保から全共闘へ」のインタビューを受ける（『図書新聞』五月一七日）。六月、「石山修武と私」（エッセイ）を発表（石山修武『建築がみる夢』講談社）。同月二一日、第二回「長池講義」。八月九日、小林敏明、東浩紀、浅田彰、高澤秀次と熊野大学シンポジウムに参加。九月、山口二郎、中島岳志と座談会（『論座』10月号、この号で休刊）。一〇月、論文

"Revolution and Repetition"を発表（"Rethinking Marxism 20th Anniversary, Volume 20" Routledge）。論文"Revolution and Repetition"を発表（"UMBR(a)UTOPIA A Journal of the Unconscious"）。同月、黒井千次、津島佑子と座談会（『文學界』11月号）。同月二〇日、トロント大学ヴィクトリアカレッジで、二二日、ニューヨーク州立大学バッファロー校で講演。一一月一日、第三回「長池講義」。一六日、有度サロンで磯崎新と講演。二三日、針生一郎、岡崎乾二郎、光田由里と東京国立近代美術館で、パネル（「批評を批評する―美術と思想」）。二七日、早稲田大学で講演（「なぜデモをしないのか」）。同月、「死ぬまでに絶対読みたい本」（エッセイ）を発表（『文藝春秋』12月号）。一二月、マサオ・ミヨシ追悼「天の天邪鬼　マサオ・ミヨシ」（エッセイ）を発表（『新潮』1月号）。同月一六日、京都造形芸術大学大学院のアサダアキラ・アカデミアで講演。同月、インド、ネパールへ旅行。

二〇〇九年（平成二一年）　六八歳

一月二四日、朝日カルチャーセンター・新宿で高澤秀次と「権力について」を講演。二月、「カント再読」（『岩波講座 哲学03 言語／思考の哲学』月報10　岩波書店）を発表。三月二八日、第四回「長池講義」。四月、「国家と資本―反復的構造は世界的な規模で存在する」（エッセイ）を『朝日ジャーナル』週刊朝日増刊号に、西部邁との座談「恐慌・国家・資本主義」を『中央公論』5月号に発表。連載論文「『世界共和国へ』に関するノート11」を『ａｔ』15号に発表。五月二八日、カイセリ（トルコ）のエルジェス大学で講演（「ユートピアニズム再考」）。六月三日、イスタンブールのビリギ大学で講演（「抑圧されたものの回帰」）。二〇日、朝日カルチャーセンター・新宿で高澤秀次と「『柄

谷行人　政治を語る』をめぐって」を講演。八月、連載論文「『世界共和国へ』に関するノート12」を『atプラス』創刊号に発表（〜二〇一〇年二月に「14」最終回を掲載『atプラス』03号）。九月五日、第五回「長池講義」。一一日、メキシコシティのメキシコ国立自治大学で講演。一〇月、「世界危機の中のアソシエーション・協同組合」を『月刊　社会運動』355号に発表。一一月二四日、「境界侵犯し続けた人　マサオ・ミヨシ氏を悼む」を『朝日新聞』夕刊に発表。一二月五日、朝日カルチャーセンター・新宿で高澤秀次と講演。八日、ロンドンのテート・ブリテンで講演（「資本主義の終わり?」）。

二〇一〇年（平成二二年）　六九歳

一月三〇日、関西よつ葉会で「アソシエーションをめぐって」を講演。同月、磯崎新、浅田彰編『Any：建築と哲学をめぐるセッション　1991−2008』を鹿島出版会から刊行。二月二七日、近畿大学の東京コミュニティカレッジで「『世界史の構造』について」を講演。三月一三日、第六回「長池講義」（「アジア共同体をめぐって——トルコと日本を中心に」）。五月二七日、大谷大学で「世界史の構造」を講演。七月五日、「人類的視点を持っていれば悲観的になる必要はない」（インタビュー）を『朝日新聞Globe』第43号に発表。同月、福岡伸一との対談「科学の限界」を『エッジエフェクト福岡伸一対談集』（朝日新聞出版社）に収録。八月、苅部直との対談「『世界史の構造』について」を『週刊読書人』8月20日号に発表。二四日、「『世界史の構造』について」（インタビュー）を『朝日新聞』に発表。九月一一日、第七回「長池講義」（「『世界史の構造』をめぐって」）。同月、大澤真幸、岡崎乾二郎との鼎談「ありうべき世界同時革命」を『文學界』10月号に、「平和の実現こそが世界革命」（インタビュー）を『世界』10月号に発表。一〇月二六日、ダブリンのザ・グラジュエートスクール・オブ・クリエーティブアーツ・アンド・メディアで講演。同月、奥泉光、島田雅彦との鼎談「世界同時革命　その可能性の中心」を『群像』11月号に、大澤真幸、苅部直、島田裕巳、高澤秀次との座談会「可能なる世界同時革命」を『ａｔプラス』06号に発表。一一月一五日、佐藤優講演会「佐藤優とキリスト教 vol.2」にゲスト出演し、佐藤優と対談。一二月一二日、有度サロン（最終回）で山口二郎と対談（「『日本国憲法第9条』を実現すること！『資本・国家・戦争』に依存しない〈社会〉の形成に向けて」）。

二〇一一年（平成二三年）　七〇歳

一月一五日、朝日カルチャーセンター・湘南で「『世界史の構造』余滴」を講演。一八日、近畿大学文芸学部で奥泉光、いとうせいこうと公開座談（「『世界史の構造』をめぐって」）。二〇日、「『世界史の構造』について」（インタビュー）を『毎日新聞』に発表。二八日、北海道大学の山口二郎勉強会で「『世界史の構造』をめぐって」を講演。三月一二日、第八回「長池講義」（「中国の左翼」）。同月、「資本＝ネーション＝ステートをいかに超えるか」（二〇一〇年一一月ソウルでの講演記録）を『世界　別冊 No.816』に、山口二郎との対談「イソノミアと民主主義の現在」を『文學界』4月号に発表。四月、『柄谷行人中上健次全対話』（講談社文芸文庫）を刊行し、「地震と日本」を『現代思想』5月号に発表（六月刊行の内橋克人編『大震災のなかで―私たちは何をすべきか』岩波新書に再録）。六月五日、紀伊國屋ホールで磯崎新、山口二郎、いとうせいこう、大澤真幸と「震災・原発と新たな社会運動」を講演。一八日、朝日カルチャーセンター・湘南で「自然と人間」を講演。同月、「反原発デモが日本を変える」（インタビュー）を『週刊読書人』6月17日号に、連載論文「哲学の起源第一回」を『新潮』7月号（～第六回最終回『新潮』12月号）に発表。八月、山口二郎、大澤真幸、いとうせいこう、磯崎新との座談「震災・原発と新たな社会運動」を『atプラス』09号に発表。九月四日、朝日カルチャーセンター・湘南で合田正人と対談。一一日、「9・11新宿原発やめろデモ!!!!!」集会で「デモが日本を変える」をスピーチ。二九日、鵜飼哲、小熊英二と「デモと広場の自由」のための共同声明を発表。同月、松本一弥著『55人が語るイラク戦争　9・11後の世界を生きる』（岩波書店）にインタビューを収録。一〇月一五日、たんぽぽ舎スペースたんぽぽ（千代田区三崎町）で第九回「長池講義」を開催（「原発とエントロピー」）。二三日、港区立エコプラザのアースデイマネー誕生記念講演会で「自然と人間」を講演。二六日、大谷大学で講演。同月、『「世界史の構造」を読む』をインスクリプトから刊行。一一月四日、インタビューを『毎日新聞』夕刊に発表。二六日、朝日カルチャーセンター・新宿で尾関章と「汎科学論　3・11後の知」を講演。同月、「資本主義は死にかけているからこそ厄介なのだ」（講演記録）を『atプラス』10号に発表。一二月一七日、東京大学駒場キャンパスで汪暉による「中国の直面する問題―国民と民主の概念を再考する」の連携講演として「『世界史の構造』と中国」を講演。

二〇一二年（平成二四年）　七一歳

一月、「ふくしま集団疎開裁判」に「世界市民法廷」の応援文「新たな〝東京裁判〟を」を寄稿。二月、「〈世界史の構造〉のなかの中国―帝国主義と帝国」を『atプラス』11号に発表。三月一一日、「3・11東京大行進」

と「原発ゼロへ―国会囲もうヒューマンチェーン」に参加。同月、「二〇年前と今」を『文藝春秋』3月臨時増刊号に、「『トランスクリティーク』としての反原発」（インタビュー）を『小説 トリッパー』春号に、ロングインタビューを『週刊読書人』3月9日号に、「なぜ古典を読むのか」（インタビュー）を『朝日新聞』三月一八日に発表。同月、『政治と思想 1960−2011』（平凡社ライブラリー）を刊行。同月三〇日、東京堂書店で『政治と思想 1960−2011』刊行記念講演を行う。六月二九日、大飯原発再稼働に反対し起草した「野田首相の退陣を要求する声明文」が記者会見で発表される。七月、「長池」を『暮しの手帖』8・9月号に発表。八月、「中上健次の死」を『別冊太陽』に、「人がデモをする社会」を『世界』9月号に発表。九月から一一月まで、清華大学で講義。中央民族大学、社会科学院、上海大学などで講演。九月二四日、「二重のアセンブリ」を『週刊金曜日』臨時増刊に発表。同月、「秋幸または幸徳秋水」を『文學界』10月号に発表。一〇月、「デモは手段ではない」「生活と一体化したデモは手強い」などが『脱原発とデモ―そして、民主主義』（筑摩書房）に収録される。一一月、エルンスト・ブロッホ『希望の原理1』（白水社）に解説「二重の転倒、二重の回帰」を収録。同月、『哲学の起源』を岩波書店から刊行。一二月、「普遍宗教と哲学」を『親鸞教学』に、「日本精神分析再考」を『I. R. S.―ジャック・ラカン研究』に発表。同月、「民主主義を超えて、イソノミアの回帰を―『哲学の起源』刊行を機に」（インタビュー）を『週刊読書人』1月4日号に発表。

二〇一三年（平成二五年）　七二歳

一月一五日、「古代ギリシャに希望の光」（インタビュー）を『朝日新聞』夕刊に発表。二月、台北と台南で講演。同月、國分功一郎との対談「デモクラシーからイソノミアへ―自由‐民主主義を乗り越える哲学」を『atプラス』15号に掲載。同月、『哲学の起源』で紀伊國屋じんぶん大賞2012を受賞。同月七日、紀伊國屋サザンシアターで大澤真幸とのトークイベント「民主主義を超えて―イソノミアへ」を行う。同月二〇日、「国家に頼らず自立の道を」を『大阪日日新聞』に発表。三月三〇日、たんぽぽ舎スペースたんぽぽで第一〇回「長池講義」を開催(「二つの遊動性」)。四月、「中国で読む『世界史の構造』」を『現代思想』5月号に連載開始(~10月号)。六月、「キム・ウチャン(金禹昌)教授との対話に向けて」を公式webサイトに発表。「憲法九条を実行する」を『これからどうする―未来のつくり方』(岩波書店)に収録。同月、「ド・マンは何かを隠したのか」を『思想』第7号に発表。七月三日、東京国際ブックフェアで金禹昌とトークイベントを行う。九月、「遊動論―山人と柳田国男」を『文學界』10月号に連載(~12月号)。同月、『柳田国男論』をインスクリプトから刊行。同月一八日、国際縄文学協会主催「縄文未来塾」で講演を行う。一一月、赤坂憲雄との対談「柳田国男の現代性―遊動性と山人」を『atプラス』18号に掲載。同月二三日、明治大学にて岩波書店百周年記念シンポジウム「知の現在と未来」で講演を行う。一二月、「高谷史郎と写真装置」を図録『TAKATANI SHIRO CAMERA LUCIDA』(東京都写真美術館)に、いとうせいこうとの対談「先祖・遊動性・ラジオの話」を『文學界』1月号に発表。

二〇一四年(平成二六年)　七三歳

一月、『遊動論　柳田國男と山人』(文春新書)を刊行。二月一五日、NTTインターコミュニケーション・センターで磯崎新、福嶋亮大とトークセッション「聖地捏造あるいはテーマパーク」」。三月、『世界史の構造』英訳版をデューク大学出版局から刊行、四月一八、一九日、デューク大学で出版記念国際シンポジウム。八月、『知の現在と未来』(広井良典、管啓次郎、高橋源一郎、長谷川一、金子勝、國分功一郎、堤未果、丸川哲史との共著)を岩波書店より刊行。一一月一〇日、台湾台北耕莘文教院で講演「『哲学の起源』刊行を記念して」、同月一二日、台湾新竹市交通大学で講演「日本戦後左翼の運動をめぐって」、同月一三日、台北市国立台湾師範大学で講演「周辺、亜周辺をめぐって」。一二月、『現代思想』1月臨時増刊号にて「総特集　柄谷行人の思想」。

二〇一五年（平成二七年）　七四歳

一月、「網野善彦のコミュニズム」を『現代思想』2月臨時増刊号（「総特集　網野善彦」）に発表。二月、「宇沢弘文と柳田国男」を『現代思想』3月臨時増刊号（「総特集　宇沢弘文」）に発表。三月二一日、早稲田大学大隈記念講堂での「中川武教授　最終講義記念シンポジウム」に中川武、原広司と出席。九月、「思想の散策」を『図書』に連載開始（9月号から一七年4月号まで二〇回）。一一月一六日、たんぽぽ舎で第一一回「長池講義」（「憲法9条について」）。同月、鹿島茂、酒井啓子、堀茂樹と座談会「テロと戦争の時代を生きる」（『ふらんす』二〇一五年12月号）。同月、「カントにおける平和と革命」を『思想』12月号（「思想の言葉」欄）に発表。一二月、『文學界』二〇一六年1月号の「文學界書き初め」に参加、文字は「遊動」。

二〇一六年（平成二八年）　七五歳

一月、『定本　柄谷行人文学論集』を岩波書店より刊行。二月二七日、長池公園自然館で第一二回「長池講義」（「モアのユートピアについて」)。四月、『憲法の無意識』(岩波新書)を刊行。六月、『世界』7月号で大澤真幸と対談「九条　もう一つの謎」。一〇月八日、新潟市民芸術文化会館能楽堂で佐藤優と対談「坂口安吾の現代性」(「111年目の坂口安吾」の表題で『文學界』二〇一七年1月号に掲載)。一一月四日、カトリック上野教会聖堂で講演「憲法九条と『神の国』」、同月一一日、中国広州中山大学で講演「〝Dの研究〟国際シンポジウムのために」、同月一四日、香港中文大学で講演(柄谷行人研究国際シンポジウム)。

二〇一七年(平成二九年)　七六歳

四月、カリフォルニア大学ロサンジェルス校客員教授に就任(六月まで)。四月一三日、オハイオ州立大学で講演「世界資本主義の歴史的諸段階」。同月二一日、カリフォルニア大学ロサンジェルス校ラスキンセンターで講演「帝国と帝国主義」。五月二二日、カリフォルニア大学ロサンジェルス校歴史学科で講演「歴史的段階としての新自由主義」。同月、『ネーションと美学』英訳版をオクスフォード大学出版局より刊行。九月二八日、コロンビアのバジェ大学で講演「資本としての精神」。一〇月、『坂口安吾論』をインスクリプトより刊行。同月七日、ドイツ・ライプツィヒ大学で講演「憲法9条について」。九月、『哲学の起源』英訳版をデューク大学出版局より刊行。一一月、『新版　漱石論集成』(岩波現代文庫)を刊行。一二月一一日、東京銀座のメゾンエルメスで中谷芙二子のコマンドゥール叙勲式に出席、祝辞を述べる。

二〇一八年(平成三〇年)　七七歳

一月一日、横尾忠則との対談「何のため本を読むのか」を『朝日新聞』朝刊に発表。同月、『意味という病』(講談社文芸文庫ワイド)を刊行。同月二六日、東京堂書店で苅部直と公開対談「批評、書評、そして坂口安吾」。四月、『内省と遡行』（講談社文芸文庫）を刊行。五月、「私ではなく、風が―津島佑子の転回」を『群像』6月号に発表。同月、CNRS EDITIONSより『世界史の構造』仏語訳版を刊行。同月一八日、代官山クラブヒルサイドサロンで北川フラムとの対談「柳田国男」（北川フラムの対話シリーズ 知をひらく人たち）。六月九日、「ひもとく カール・マルクス」を『朝日新聞』に発表。同月二三日から約半年間、ジュンク堂書店池袋本店の特設コーナー「柄谷行人書店」の選書を担当。同月二三日、ジュンク堂書店池袋本店で「柄谷行人書店」のオープニングイベントの書店ツアーに参加。七月、『大江健三郎柄谷行人 全対話 世界と日本と日本人』を講談社より刊行。八月一日、「「柄谷行人書店」についてのインタビューが『朝日新聞』夕刊に掲載。同月二五日、ジュンク堂書店池袋本店で講演「柳田国男と実験の史学」。九月一一日、東京新宿のレストランで文学者や編集者と「柄谷行人を囲む会 喜寿のお祝い」。同月二三日、東京高円寺の再開発反対デモに参加し、松本哉らとスピーチする。一一月一〇日、東京新宿の「風花」で古井由吉の呼びかけによる喜寿のお祝いの会。

二〇一九年（平成三一年・令和元年）　七八歳

一月一二日、「ひもとく 歴史の実験」を『朝日新聞』に発表。二月一六日、朝日カルチャーセンター・新宿で公開講座「力と交換様式 Dの研究」。同月、『世界史の実験』（岩波新書）刊行。三月、ロングインタビュー「普遍的な世界史の構造を解明するために『世界史の実験』（岩波新書）刊行を機に」を『週刊読書人』3月1日号に発表。六月六日、「震災を機に原点の文学へ」を『中日新聞』他に発表（共同通信社による取材）。八月二四日、たんぽぽ舎で第一三回「長池講義」（「「力」と交換様式」）。一〇月、『柄谷行人浅田彰全対話』（講談社文芸文庫）を刊行。一一月五日〜八日、イェール大学比較文学科で「霊と交換様式」についてのセミナー。同月、講演「交換様式と「マルクスその可能性の中心」」（第一三回「長池講義」講演草稿）を『文學界』12月号に発表。同月、『戦後思想の到達点　柄谷行人、自身を語る見田宗介、自身を語る　シリーズ・戦後思想のエッセンス』（インタビュー・編　大澤真幸）をNHK出版より刊行。同月三〇日、東京大学駒場キャンパスにて「近代文学の終り」をめぐる国際シンポジウム（田尻芳樹企画）。一二月一日、たんぽぽ舎での第一四回「長池講義」（「柄谷行人と韓国文学」）でジョ・ヨンイルと講演。

二〇二〇年（令和二年）　七九歳

一月、『哲学の起源』（岩波現代文庫）刊行。二月、「文学という妖怪」（第一四回「長池講義」講演「「近代文学の終り」再考」草稿を改題）を『文學界』3月号に発表。一一月、『柄谷行人発言集　対話篇』を読書人より刊行。

二〇二一年（令和三年）　八〇歳

一月、エッセイ「思想家の節目」を『文學界』2月号に発表。同月、『市民の科学』第11号（NGO市民科学京都研究所）に特集「柄谷行人のまなざし」掲載。同月、『ニュー・アソシエーショニスト宣言』を作品社より刊行。二月、『新潮』3月号「創る人52人の「2020コロナ禍」日記リレー」に寄稿。三月、『柄谷行人対話篇I　1970-83』（講談社文芸文庫）を刊行。同月、ロングインタビュー「今を生き抜くために、アソシエーションを　『ニュー・アソシエーショニスト宣言』刊行を機に」を『週刊読書人』3月19日号に発表。四月一三日、ウェブサイト『じんぶん堂』にエッセイ「思想家・柄谷行人が、コロナ禍で揺れる世界に語る、新たなる社会変革の可能性」を発表。同月一四日、インタビュー「社会運動組織の可能性「NAM」を検証し再考する」を『毎日新聞』夕刊に発表。五月三日、東京都立大学南大沢キャンパスでオンライン開催による講演「憲法再考」（全国憲法研究会主催「憲法記念講演会」）。同月一九日、インタビュー「「資本と国家への対抗」に機運」を『朝日新聞』夕刊に発表。同月二九日、『朝日新聞』記事「はじまりを歩く」に協同組合についてのコメントを提供。九月、エッセイ「霊と反復」を『群像』10月号に発表。一一月、『ブックファースト　名著百選　２０２１』にカント『永遠平和のために』（岩波文庫）の推薦文を寄せる。

二〇二二年（令和四年）　八一歳

三月、ロングインタビュー「可能性としてのアソシエーション、交換様式論の射程」を『談』no.123（水曜社）に発表。同月、『柄谷行人対話篇Ⅱ　1984–88』（講談社文芸文庫）を刊行。七月三日、東京大学駒場キャンパスにて國分功一郎、斎藤幸平との対話「柄谷行人さんに聞く　疫病、戦争、世界共和国」。九月、アメリカの週刊誌『ニューヨーカー』9月12日号で『哲学の起源』が論じられる（"Can't We Come Up with Something Better Than Liberal Democracy?" by Adam Gopnik）。同月、講演「「力と交換様式」をめぐって」（聞き手・國分功一郎、コメンテーター・斎藤幸平）を『文學界』一〇月号に掲載。一〇月、『力と交換様式』を岩波書店より刊行。同月二〇日、インタビュー「「交換」が生む「霊的な力」とは」を『朝日新聞』に発表。一一月、ロングインタビュー「モース・ホッブズ・マルクス　『力と交換様式』刊行を機に」を『週刊読書人』11月11日号に発表。一二月八日、二〇二二年度バーグルエン哲学・文化賞受賞者に決定されたことが報道される。一二月、池上彰との対談「池上彰のそこからですか」(『週刊文春』二〇二三年1月5、12日合併号掲載)発表。
二〇二三年(令和五年)八二歳
一月一日、『朝日新聞』朝刊に二〇二二年度朝日賞受賞が発表され、受賞のコメントが掲載される。同月二七日、帝国ホテルにて朝日賞授賞式。二月一八日、東京大学駒場キャンパスにて「〈合評会〉柄谷行人『力と交換様式』」(司会　國分功一郎　発表　廖欽彬、吉国浩哉、王欽)。同月二〇日、ウェブサイト『じんぶん堂』で「私の謎　柄谷行人回想録」の連載(月一回配信予定)が始まる(『朝日新聞』滝沢文那記者によるインタビューの形式)。二月、ロングインタビュー「希望がないように見える時にこそ、「中断された未成のもの」として希望が、向こうからやって来るんです。」を『ele-king 臨時増刊号2023年、日本を生きるための羅針盤』に発表。三月、『文藝春秋』4月号にインタビュー「賞金一億円の使い途」を発表。同月、『柄谷行人対話篇Ⅲ　1989-2008』(講談社文芸文庫)を刊行。同月一四日、『朝日新聞』夕刊「大江さん悼む声　続々」に大江健三郎追悼コメント。同月一八日、石橋財団アーティゾン美術館で高谷史郎、近藤康太郎と公開座談会「ダムタイプと来たるべき未来の社会」。同月、二〇〇五年から務めた『朝日新聞』書評委員を退任。四月、『群像』5月号に追悼エッセイ「大江健三郎と私」を発表。同月一二日、『朝日新聞』朝刊に「柄谷行人回想録　私の謎　反復する景色:上　自分はどうしてこういう人間なんだろう」(ウェブサイト『じんぶん堂』連載の短縮版)発表。同月一九日、『朝日新聞』に「柄谷行人回想録　私の謎　反復する景色:下　文芸批評なんでもできる気がして」発表。同月二七日、国際文化会館でバーグルエン哲学・文化賞贈呈式。五月一〇日、『朝日新聞』に「柄谷行人回想録　私の謎　子ども時代：上　教室で物言わない子が、ある日、ふと」発表。同月一七日、『朝日新聞』に「柄谷行人回想録　私の謎　子ども時代：下　戦争　理解できなくても感じていた」発表。同月、『柄谷行人『力と交換様式』を読む』（文春新書）を刊行。同月、『池上彰の「世界そこからですか⁉」』（文藝春秋刊）に池上彰との対談「世界は『交換』で分かる」（『週刊文春』二〇二三年1月5、12日合併号掲載のもの）が収録される。六月、『文學界』7月号にスピーチ「バーグルエン賞授賞式での挨拶」を発表。

雑誌については、発行年月を記述、誌名に月号などを明示した。

（関井光男編／二〇一四年二月以降、編集部編）

初出

思想はいかに可能か　『東京大学新聞』一九六六年五月

新しい哲学　『東京大学新聞』一九六七年五月

『アレクサンドリア・カルテット』の弁証法　『季刊世界文学』第七号　一九六七年一二月

「アメリカの息子のノート」のノート　『新批評』一九六八年一〇月号

自然過程論　『情況』一九七〇年八月号

現代批評の陥穽――私性と個体性　『現代批評の構造』一九七一年　思潮社

サドの自然概念に関するノート　『ユリイカ』一九七二年四月号

底本

思想はいかに可能か（二〇〇五年四月、インスクリプト刊）

＊明らかに誤記・誤植と思われる箇所は正しました。

柄谷行人の初期思想

柄谷行人

2023年9月8日第1刷発行
2023年10月18日第2刷発行

発行者……高橋明男
発行所……株式会社 講談社
〒112-8001 東京都文京区音羽2・12・21
電話 編集(03) 5395・3513
販売(03) 5395・5817
業務(03) 5395・3615

デザイン……水戸部 功
印刷……株式会社KPSプロダクツ
製本……株式会社国宝社
本文データ制作……講談社デジタル製作

ISBN978-4-06-532944-3

著者	書名	解説ほか
折口信夫	折口信夫文芸論集 安藤礼二編	安藤礼二―解／著者――年
折口信夫	折口信夫天皇論集 安藤礼二編	安藤礼二―解
折口信夫	折口信夫芸能論集 安藤礼二編	安藤礼二―解
折口信夫	折口信夫対話集 安藤礼二編	安藤礼二―解／著者――年
加賀乙彦	帰らざる夏	リービ英雄―解／金子昌夫―案
葛西善蔵	哀しき父｜椎の若葉	水上 勉――解／鎌田 慧――案
葛西善蔵	贋物｜父の葬式	鎌田 慧――解
加藤典洋	アメリカの影	田中和生―解／著者――年
加藤典洋	戦後的思考	東 浩紀――解／著者――年
加藤典洋	完本 太宰と井伏 ふたつの戦後	與那覇 潤―解／著者――年
加藤典洋	テクストから遠く離れて	高橋源一郎―解／著者・編集部―年
加藤典洋	村上春樹の世界	マイケル・エメリック―解
加藤典洋	小説の未来	竹田青嗣―解／著者・編集部―年
金井美恵子	愛の生活｜森のメリュジーヌ	芳川泰久―解／武藤康史―年
金井美恵子	ピクニック、その他の短篇	堀江敏幸―解／武藤康史―年
金井美恵子	砂の粒｜孤独な場所で 金井美恵子自選短篇集	磯﨑憲一郎―解／前田晃――年
金井美恵子	恋人たち｜降誕祭の夜 金井美恵子自選短篇集	中原昌也―解／前田晃――年
金井美恵子	エオンタ｜自然の子供 金井美恵子自選短篇集	野田康文―解／前田晃――年
金子光晴	絶望の精神史	伊藤信吉―人／中島可一郎―年
金子光晴	詩集「三人」	原 満三寿―解／編集部――年
鏑木清方	紫陽花舎随筆 山田肇選	鏑木清方記念美術館―年
嘉村礒多	業苦｜崖の下	秋山 駿――解／太田静一――年
柄谷行人	意味という病	絓 秀実――解／曾根博義―案
柄谷行人	畏怖する人間	井口時男―解／三浦雅士―案
柄谷行人編	近代日本の批評 Ⅰ 昭和篇上	
柄谷行人編	近代日本の批評 Ⅱ 昭和篇下	
柄谷行人編	近代日本の批評 Ⅲ 明治・大正篇	
柄谷行人	坂口安吾と中上健次	井口時男―解／関井光男―年
柄谷行人	日本近代文学の起源 原本	関井光男―年
柄谷行人 中上健次	柄谷行人中上健次全対話	高澤秀次―解
柄谷行人	反文学論	池田雄一――解／関井光男―年
柄谷行人 蓮實重彥	柄谷行人蓮實重彥全対話	

▶解=解説 案=作家案内 人=人と作品 年=年譜を示す。 2023年10月現在

京須偕充 ― 圓生の録音室　赤川次郎・柳家喬太郎―解
清岡卓行 ― アカシヤの大連　宇佐美 斉―解／馬渡憲三郎-案
久坂葉子 ― 幾度目かの最期 久坂葉子作品集　久坂部 羊―解／久米 勲―年
窪川鶴次郎-東京の散歩道　勝又 浩―解
倉橋由美子-蛇|愛の陰画　小池真理子-解／古屋美登里-年
黒井千次 ― たまらん坂 武蔵野短篇集　辻井 喬―解／篠崎美生子-年
黒井千次選-「内向の世代」初期作品アンソロジー
黒島伝治 ― 橇|豚群　勝又 浩―人／戎居士郎―年
群像編集部編-群像短篇名作選 1946～1969
群像編集部編-群像短篇名作選 1970～1999
群像編集部編-群像短篇名作選 2000～2014
幸田文 ― ちぎれ雲　中沢けい―人／藤本寿彦―年
幸田文 ― 番茶菓子　勝又 浩―人／藤本寿彦―年
幸田文 ― 包む　荒川洋治―人／藤本寿彦―年
幸田文 ― 草の花　池内 紀―人／藤本寿彦―年
幸田文 ― 猿のこしかけ　小林裕子―解／藤本寿彦―年
幸田文 ― 回転どあ|東京と大阪と　藤本寿彦―解／藤本寿彦―年
幸田文 ― さざなみの日記　村松友視―解／藤本寿彦―年
幸田文 ― 黒い裾　出久根達郎-解／藤本寿彦―年
幸田文 ― 北愁　群 ようこ―解／藤本寿彦―年
幸田文 ― 男　山本ふみこ-解／藤本寿彦―年
幸田露伴 ― 運命|幽情記　川村二郎―解／登尾 豊―案
幸田露伴 ― 芭蕉入門　小澤 實―解
幸田露伴 ― 蒲生氏郷|武田信玄|今川義元　西川貴子―解／藤本寿彦―年
幸田露伴 ― 珍饌会 露伴の食　南條竹則―解／藤本寿彦―年
講談社編 ― 東京オリンピック 文学者の見た世紀の祭典　高橋源一郎-解
講談社文芸文庫編-第三の新人名作選　富岡幸一郎-解
講談社文芸文庫編-大東京繁昌記 下町篇　川本三郎―解
講談社文芸文庫編-大東京繁昌記 山手篇　森 まゆみ―解
講談社文芸文庫編-戦争小説短篇名作選　若松英輔―解
講談社文芸文庫編-明治深刻悲惨小説集 齋藤秀昭選　齋藤秀昭―解
講談社文芸文庫編-個人全集月報集 武田百合子全作品・森茉莉全集
小島信夫 ― 抱擁家族　大橋健三郎-解／保昌正夫―案
小島信夫 ― うるわしき日々　千石英世―解／岡田 啓―年

講談社文芸文庫

小島信夫 ― 月光|暮坂 小島信夫後期作品集　山崎 勉――解／編集部――年
小島信夫 ― 美濃　保坂和志――解／柿谷浩一――年
小島信夫 ― 公園|卒業式 小島信夫初期作品集　佐々木 敦―解／柿谷浩一――年
小島信夫 ― 各務原・名古屋・国立　高橋源一郎-解／柿谷浩一――年
小島信夫 ― [ワイド版]抱擁家族　大橋健三郎-解／保昌正夫――案
後藤明生 ― 挾み撃ち　武田信明――解／著者――年
後藤明生 ― 首塚の上のアドバルーン　芳川泰久――解／著者――年
小林信彦 ― [ワイド版]袋小路の休日　坪内祐三――解／著者――年
小林秀雄 ― 栗の樹　秋山 駿――人／吉田凞生――年
小林秀雄 ― 小林秀雄対話集　秋山 駿――解／吉田凞生――年
小林秀雄 ― 小林秀雄全文芸時評集 上・下　山城むつみ-解／吉田凞生――年
小林秀雄 ― [ワイド版]小林秀雄対話集　秋山 駿――解／吉田凞生――年
佐伯一麦 ― ショート・サーキット 佐伯一麦初期作品集　福田和也――解／二瓶浩明――年
佐伯一麦 ― 日和山 佐伯一麦自選短篇集　阿部公彦――解／著者――年
佐伯一麦 ― ノルゲ Norge　三浦雅士――解／著者――年
坂口安吾 ― 風と光と二十の私と　川村 湊――解／関井光男――案
坂口安吾 ― 桜の森の満開の下　川村 湊――解／和田博文――案
坂口安吾 ― 日本文化私観 坂口安吾エッセイ選　川村 湊――解／若月忠信――年
坂口安吾 ― 教祖の文学|不良少年とキリスト 坂口安吾エッセイ選　川村 湊――解／若月忠信――年
阪田寛夫 ― 庄野潤三ノート　富岡幸一郎-解
鷺沢萠 ― 帰れぬ人びと　川村 湊――解／著者、オフィスめめ-年
佐々木邦 ― 苦心の学友 少年倶楽部名作選　松井和男――解
佐多稲子 ― 私の東京地図　川本三郎――解／佐多稲子研究会-年
佐藤紅緑 ― ああ玉杯に花うけて 少年倶楽部名作選　紀田順一郎-解
佐藤春夫 ― わんぱく時代　佐藤洋二郎-解／牛山百合子-年
里見弴 ― 恋ごころ 里見弴短篇集　丸谷才一――解／武藤康史――年
澤田謙 ― プリューターク英雄伝　中村伸二――年
椎名麟三 ― 深夜の酒宴|美しい女　井口時男――解／斎藤末弘――年
島尾敏雄 ― その夏の今は|夢の中での日常　吉本隆明――解／紅野敏郎――案
島尾敏雄 ― はまべのうた|ロング・ロング・アゴウ　川村 湊――解／柘植光彦――案
島田雅彦 ― ミイラになるまで 島田雅彦初期短篇集　青山七恵――解／佐藤康智――年
志村ふくみ-一色一生　高橋 巖――人／著者――年
庄野潤三 ― 夕べの雲　阪田寛夫――解／助川徳是――案
庄野潤三 ― ザボンの花　富岡幸一郎-解／助川徳是――年

庄野潤三 ―鳥の水浴び　田村 文―解／助川徳是―年
庄野潤三 ―星に願いを　富岡幸一郎―解／助川徳是―年
庄野潤三 ―明夫と良二　上坪裕介―解／助川徳是―年
庄野潤三 ―庭の山の木　中島京子―解／助川徳是―年
庄野潤三 ―世をへだてて　島田潤一郎―解／助川徳是―年
笙野頼子 ―幽界森娘異聞　金井美恵子―解／山﨑眞紀子―年
笙野頼子 ―猫道 単身転々小説集　平田俊子―解／山﨑眞紀子―年
笙野頼子 ―海獣|呼ぶ植物|夢の死体 初期幻視小説集　菅野昭正―解／山﨑眞紀子―年
白洲正子 ―かくれ里　青柳恵介―人／森 孝―年
白洲正子 ―明恵上人　河合隼雄―人／森 孝―年
白洲正子 ―十一面観音巡礼　小川光三―人／森 孝―年
白洲正子 ―お能|老木の花　渡辺 保―人／森 孝―年
白洲正子 ―近江山河抄　前 登志夫―人／森 孝―年
白洲正子 ―古典の細道　勝又 浩―人／森 孝―年
白洲正子 ―能の物語　松本 徹―人／森 孝―年
白洲正子 ―心に残る人々　中沢けい―人／森 孝―年
白洲正子 ―世阿弥 ―花と幽玄の世界　水原紫苑―人／森 孝―年
白洲正子 ―謡曲平家物語　水原紫苑―解／森 孝―年
白洲正子 ―西国巡礼　多田富雄―解／森 孝―年
白洲正子 ―私の古寺巡礼　高橋睦郎―解／森 孝―年
白洲正子 ―[ワイド版]古典の細道　勝又 浩―人／森 孝―年
鈴木大拙訳―天界と地獄 スエデンボルグ著　安藤礼二―解／編集部―年
鈴木大拙 ―スエデンボルグ　安藤礼二―解／編集部―年
曽野綾子 ―雪あかり 曽野綾子初期作品集　武藤康史―解／武藤康史―年
田岡嶺雲 ―数奇伝　西田 勝―解／西田 勝―年
高橋源一郎―さようなら、ギャングたち　加藤典洋―解／栗坪良樹―年
高橋源一郎―ジョン・レノン対火星人　内田 樹―解／栗坪良樹―年
高橋源一郎―ゴーストバスターズ 冒険小説　奥泉 光―解／若杉美智子―年
高橋たか子―人形愛|秘儀|甦りの家　富岡幸一郎―解／著者―年
高橋たか子―亡命者　石沢麻依―解／著者―年
高原英理編―深淵と浮遊 現代作家自己ベストセレクション　高原英理―解
高見 順 ―如何なる星の下に　坪内祐三―解／宮内淳子―年
高見 順 ―死の淵より　井坂洋子―解／宮内淳子―年
高見 順 ―わが胸の底のここには　荒川洋治―解／宮内淳子―年